L'AIR LIBRE

À Madeleine,

ces courts nouvelles
qui cherchent à dire
autrement cette réalité
que je m'efforce de
réinventer jour après jour.

Très amicalement,

Jean Paul B.

Maquette de la couverture : Anne Marie Guérineau

Photo de la couverture : Jean-Jacques Ringuette

Photocomposition : Helvetigraf, Québec

Diffusion pour le Québec : Dimédia
539, boul. Lebeau
Saint-Laurent (Québec) H4N 1S2

Tous droits de traduction, de reproduction et d'adaptation réservés.

© L'Instant même
C.P. 8, succursale Haute-Ville
Québec (Québec) G1R 4M8

ISBN 2-9800635-5-X
Dépôt légal — 1er trimestre 1988

JEAN-PAUL BEAUMIER

L'AIR LIBRE

nouvelles

L'instant même

... j'écris précisément parce que je ne suis pas là ou seulement à moitié là. J'écris par défaut, par déplacement, et comme j'écris à partir d'un interstice, j'invite toujours les autres à chercher le leur et à regarder par là le jardin où les fruits sont, bien entendu, des pierres précieuses.

Julio Cortázar
Le tour du jour en quatre-vingts mondes

I

1538

Comment mes pas m'avaient-ils conduit là ? Je n'en avais pas la moindre idée. Ou plutôt je feignais de ne pas me souvenir, m'efforçant d'oublier les événements des dernières semaines. Je savais que je ne rêvais pas, mais j'adoptais cette attitude propre au rêveur qui consiste à vouloir chasser certaines images persistantes qui éveillent un sentiment de malaise.

J'étais sorti prendre l'air comme il m'arrive souvent de le faire en fin de soirée. Le temps était anormalement doux. Rarement avait-on vu autant pleuvoir en février et ce changement subit amplifiait en moi le sentiment de confusion qui me poursuivait depuis quelques jours. De tels écarts climatiques, pensais-je tout en marchant, ne laissaient présager rien de bon pour les semaines à venir.

Une légère brume s'élevait de la chaussée et enveloppait les maisons. J'aime me promener le soir quand les rues sont presque désertes, épier les ombres qui vont et viennent aux fenêtres et imaginer le genre de vie qui se déroule derrière. Cela me fascine de penser qu'il y a peut-être autant de modes, de rythmes de vie dissimulés derrière chacune de ces façades. Comme il se peut qu'il n'y en ait qu'un seul, répétitif et invariable. Aussi, lorsque mon regard peut furtivement se glisser à travers l'une de ces fenêtres, il m'est difficile d'en freiner le mouvement. J'ai un côté voyeur avec lequel il me faut composer.

Ce soir-là, selon mon habitude, je me suis dirigé vers le boulevard qui sépare le quartier où j'habite de celui où je fais mes promenades nocturnes. J'ai toujours préféré flâner dans un quartier où personne ne me connaît, où personne ne peut accoler un nom à ma silhouette. C'est là ma façon, très illusoire je dois l'admettre, de me mettre à l'abri des commérages. Je savais que l'ancien locataire avait eu à en souffrir et je ne tenais pas à donner prise à d'éventuels ragots. Non pas que je mène une vie qui pourrait porter à scandale, mais celle des gens qui habitent ces quartiers sans histoire me semble si souvent vide que le promeneur nocturne devient rapidement suspect lorsque la télévision ne suffit pas à meubler les trop longues soirées d'hiver. Et à d'imperceptibles froissements de rideau fait souvent suite un appel téléphonique à la police qui vous attend tranquillement au prochain coin de rue.

J'avais cependant dû marcher plus longuement que d'habitude, car le secteur où je me trouvais m'était inconnu. La brume s'épaississait peu à peu et tout me paraissait calme et paisible. Je profitais pleinement de l'accalmie climatique et de la tranquillité qui contrastait avec les bruits de circulation continuels du boulevard près duquel j'habite. À mesure que j'avançais, j'éprouvais un sentiment de bien-être que je ne cherchais pas à m'expliquer contrairement à mes habitudes. Ma journée au bureau avait été particulièrement pénible et je m'efforçais de l'oublier en m'enfonçant plus avant dans ce quartier où je me promettais déjà de revenir.

J'errais dans ces rues depuis environ une heure quand j'ai entrevu un faisceau lumineux qui s'échappait d'une maison. En soi cela n'avait rien de particulier, si ce n'est qu'autour toutes les maisons baignaient dans l'obscurité quasi complète. À mesure que je m'en approchais, je sentais un malaise prendre forme en moi. Cette maison éveillait un souvenir, quelque chose que j'avais déjà vu ou vécu. Et plus je cherchais à me rappeler, plus s'intensifiait en moi une impression trouble.

À quelque cent mètres de sa façade, la maison m'a semblé surgir du brouillard. Elle se profilait devant moi avec cette étonnante précision qui me fait parfois douter de mes sens. Les moindres détails m'étaient aussi familiers que si j'en avais été l'architecte, bien que je demeurasse persuadé de n'avoir jamais mis les pieds dans ce secteur et encore moins dans cette maison. Pourtant, je me revoyais marcher dans une rue déserte, m'arrêter devant une maison semblable à celle-ci, qui affichait, je me souviens maintenant, le numéro 1538, où elle m'avait donné rendez-vous.

Je ne la connaissais que depuis quelques semaines. D'abord un visage aperçu au milieu d'une foule et qui se transforme subitement, avant même qu'on ait le temps de détourner les yeux, en un regard que l'on interroge et qui vous interroge à son tour. Un regard où se lit le même trouble et qui ne cesse par la suite de vous poursuivre.

J'apercevais maintenant la porte d'entrée, identique à celle que j'avais ouverte dans mon rêve. Je me suis arrêté devant la maison, indifférent au fait que les voisins — ou pire ses occupants — puissent s'interroger, s'inquiéter même de ma présence en ces lieux à une heure aussi tardive. Retenu par les filets de lumière qui s'échappaient des fenêtres, j'essayais de saisir quelle vie se déployait à l'intérieur de ces murs. Je m'efforçais de retracer la source lumineuse pour mieux découvrir ce qui m'avait échappé au réveil, pour enfin percevoir quelle femme elle était dans cet univers dont j'ignorais tout. Chaque faisceau lumineux me parvenait, m'atteignait avec une intensité différente, un nom différent : vestibule, salon, salle à manger, sans oublier cette sonnette dont on avait peut-être changé l'ampoule la veille pour mieux me confondre. J'avais l'impression que toutes les lumières étaient braquées sur moi et que de l'intérieur on épiait mon malaise. J'ai cherché à me soustraire à cette immobilité, à cette emprise aussi soudaine qu'inexplicable, mais les rayons lumineux m'avaient encerclé, paralysé. Jusqu'aux lumières de rue qui m'interdisaient toute fuite.

Avant même d'être conscient d'avoir franchi la distance qui me séparait de la porte d'entrée, j'étais devant son seuil. À la hauteur des yeux, quatre chiffres s'alignaient : 1-5-3-8. J'ai cru défaillir, mais une question, plus impérieuse que toutes celles que j'avais pu me poser jusque-là, occupait en entier mon esprit : avais-je ou non appuyé sur la sonnette ? Mes yeux étaient rivés sur le faible rayon de lumière qui en décelait discrètement la présence, cependant que mon esprit se refusait à formuler toute réponse. J'étais soudainement incapable de remonter le cours de mes pensées, de revoir les gestes que j'avais — ou n'avais pas — posés.

Et qu'allais-je dire lorsque enfin s'ouvrirait la porte ? Les sons s'organiseraient-ils en mots ? J'avais plutôt le sentiment que je serais incapable de remuer les lèvres, qu'elles deviendraient aussi pétrifiées que je l'étais en ce moment. Cette situation me devenait de plus en plus intenable, cauchemardesque même. J'ai cru un moment que j'allais me réveiller dans mon lit et qu'alors je me mettrais à rire comme un fou, mais les faisceaux de lumière refusaient d'abolir la réalité.

Cherchant avant tout à reprendre mes sens, j'essayais désespérément de pressentir qui viendrait m'ouvrir. Plus je remontais à la source du rêve — quelqu'un avait bien dû me répondre —, plus les images semblaient se dissoudre. Je n'osais plus détourner les yeux de la sonnette de crainte d'apercevoir une ombre par l'une des fenêtres, une présence qu'il me faudrait aussitôt affronter. Mais il se pouvait aussi que ce soit elle qui vienne m'ouvrir. Je verrais alors l'étonnement du moment faire place au trouble sur son visage, peut-être alors parviendrais-je à lui dire simplement « Bonsoir », heureux qu'il ne s'agisse pas d'un rêve.

Les lumières se sont éteintes en même temps, comme si de l'intérieur on s'était donné le mot. Ne demeurait allumée que l'ampoule témoin de la sonnette. En descendant les marches du perron, je me suis aperçu qu'il n'y avait pas de voiture dans l'entrée. Je me suis éloigné tranquillement, retenant difficilement un rire spasmodique en pensant à ces appareils qui contrôlent toutes les lumières d'une maison par un simple signal horaire. Non pas toutes, mais presque.

Triangle

Le rêve commence toujours de la même façon : de dos, le rêveur aperçoit un homme qui ne bouge pas, pas plus que ne bouge le rêveur dans le sommeil de celui qui ne se doute encore de rien. Le rêveur se dit que l'homme se sait observé et cela suffit à expliquer son immobilité. Le rêveur entend un murmure faible et continu. Il n'y a personne d'autre dans la pièce dans laquelle se déroule le rêve. Le murmure ne peut donc provenir que de l'homme, pense le rêveur pour qui une telle déduction nécessite toutefois un cheminement logique implacable. Il redouble alors d'attention, ferme les yeux pour mieux se concentrer sur le mouvement des lèvres de l'homme qui lui tourne le dos et qu'il imagine à sa ressemblance (l'autre aussi a les yeux fermés). Mais chaque fois qu'il rouvre les yeux, il prend conscience d'être couché dans son lit et qu'il n'y a personne d'autre dans la pièce. Il sait d'emblée qu'il n'aura nul besoin de transcrire le rêve puisque aucune variante n'est survenue. Il se contentera d'ins-

crire la date et, en dessous, la remarque habituelle :
« Le murmure de l'homme demeure incompréhensible. »
Voilà plusieurs semaines qu'il refait le même rêve.
Si, au début, il n'y accordait qu'une importance relative — expliquant la récurrence du rêve par le simple fait que son inconscient cherchait à lui transmettre un message — la fréquence du phénomène l'amena à mettre en doute l'authenticité des images qui se présentaient à son esprit. Il ne s'agissait peut-être que d'une idée fixe qui le poursuivait dans son sommeil, s'emparant de l'esprit du rêveur et persistant jusqu'au réveil. Mais comment établir cette distinction avec certitude ? Comment différencier le rêve de ce qui pouvait n'être qu'une idée fixe, une chimère ? Il résolut de transcrire méthodiquement ses rêves sans omettre un seul détail pour finalement admettre que sa théorie de l'idée fixe ne reposait sur rien. La seule présence du rêveur en faisait foi.

Il transcrivait invariablement le rêve de la même façon (il le vérifia à maintes reprises). Quand il eut la certitude qu'aucun détail ne lui avait échappé, il opta pour une formule abrégée : « Le murmure de l'homme demeure incompréhensible. » Mais la question demeurait entière : que cherchait-il à lui dire par le truchement du rêveur qui revêt tant d'importance (tout le reste lui semblait désormais sans intérêt) ? Pourquoi le rêveur se refusait-il surtout à entendre, même de dos, ce que l'homme s'efforçait de lui dire ? Il craignait même que le message lui demeurât incompréhensible, inaccessible, uniquement par sa faute. Il se mit à scruter sa vie, à se remémorer les semaines qui précédèrent l'apparition du rêve dans l'espoir — et la crainte — d'y trouver une réponse. Il n'arriva à rien de cette façon. Il avait l'impression que son passé lui tournait le dos de la même façon que l'homme dans le rêve. Il tenta à nouveau d'analyser le rêve en reportant cette fois tout le poids du questionnement sur les épaules de l'homme immobile, mais sans plus de résultats que les précédentes tentatives. Un jour, il eut l'idée de faire intervenir le rêveur, de le faire s'adresser directement à l'homme. La nuit suivant sa décision, il ne réussit pas à trouver le sommeil. Que lui ferait-il dire? Il lui fallait trouver les mots qui conviendraient et n'effraieraient pas l'homme qui se croyait seul dans le rêve. La crainte de rompre le seul lien qui préservait leur fragile contact le terrifiait. Au moindre faux geste, à la moindre parole déplacée du rêveur, l'homme risquait de s'enfermer dans un mutisme complet. Le rêveur devait le mettre en confiance, trouver les mots qui le feraient se retourner et, qui sait?, le murmure cesserait peut-être aussitôt le message transmis, compris. Mais pour cela, devait-il l'interroger ou simplement lui manifester sa présence, lui dire qu'il était là, derrière lui, prêt à l'écouter?

Son insomnie ne dura pas et le rêve reprit d'abord normalement. Rapidement, l'homme sentit la présence du rêveur dans son dos et il se tut, aux aguets. Au réveil, il nota dans son cahier : « Cette nuit l'homme s'est tu lorsque le rêveur a tenté de se rapprocher de lui.»

Plusieurs nuits passèrent ainsi sans qu'il parvînt à trouver les mots que le rêveur adresserait à celui qui attendait maintenant en silence. L'homme paraissait chaque jour de plus en plus anxieux et le rêveur s'inquiétait pour lui. Il craignait de le voir céder au sommeil sans être parvenu à entrer en contact avec lui, ou pire de le voir s'effondrer sous ses yeux sans qu'il pût faire quoi que ce soit. Pourquoi l'homme ne se libérait-il pas du poids qui l'accablait davantage chaque nuit?

Toujours de dos, l'homme est maintenant assis, tête et épaules légèrement inclinées vers l'avant. Le rêveur ignore encore le sens des murmures que l'autre a repris depuis qu'il a renoncé à s'adresser à lui. L'homme lui fait mal à regarder (il se sent responsable du poids du silence que le dormeur reporte sur les épaules de l'homme), il voudrait changer de place avec lui, le libérer. De voir ainsi l'homme mourir lentement de dos, le rêveur transgresse les règles interdisant qu'un geste soit posé entre eux. Il s'avance vers lui et pose une main sur son épaule. Aussitôt, l'homme s'écroule mollement sur le sol, face contre terre. Le rêveur pousse alors lentement la chaise et, dos à celui qui ne soupçonne encore rien, il se met à murmurer en veillant à ce que ses paroles demeurent incompréhensibles à celui qui déjà s'étonne d'une ressemblance.

Surimpression

Et puis il y a nous deux sur cette rue dont le nom m'échappe. Mais je sais qu'il ne s'agit que d'un oubli, d'un trou de mémoire. Je sais que cette rue existe, qu'elle porte un nom comme toutes les autres rues de ce quartier (les gens d'ici préfèrent nommer leurs rues plutôt que de les numéroter). Je n'arrive tout simplement pas à m'en rappeler le nom, mais cela me reviendra. Ne t'ai-je pas déjà dit que le nom de cette rue était relié à un souvenir d'enfance? Toi et moi à quelques pas l'un de l'autre, à portée de voix, même si je ne crois pas que nous parlions. Tu regardes dans ma direction et moi dans la tienne, mais à aucun moment nos regards ne se croisent, comme s'il nous fallait l'éviter. Derrière nous, de chaque côté de la rue, s'élèvent des murs de pierre. Des murs érigés par des hommes appartenant à un autre siècle, des hommes pour qui le futur — où se profilait déjà le progrès — revêtait encore un sens, de l'espoir même. *L'avenir*, comme ils disaient avec conviction. Que n'auraient-ils donné pour le connaître?

Je cherche à me souvenir, à comprendre pourquoi nos regards ne doivent pas se croiser. Il n'y a que nous deux dans cette rue que j'empruntais alors chaque matin pour aller acheter mon journal. Garneau? Non, ce n'est pas cela. Chauveau? Chapleau? Je crois me souvenir que le nom se terminait en *o*. Je porte rarement attention au nom des rues le matin, retardant le plus longtemps possible l'inévitable passage à l'autre monde où les rues portent toutes un nom pour éviter que les gens ne se perdent (dans mon cas c'est une précaution inutile).

Nous avons pourtant dû vivre quelque chose d'important pour que cette image ne cesse de me poursuivre après toutes ces années. Qu'est-ce donc qui provoque cette soudaine amnésie? Il y a autre chose qui m'échappe : les trottoirs se croisent, se chevauchent même, derrière moi l'escalier conduisant à l'entrée secondaire se confond à la porte principale sur ta droite. Je fixe la porte devant moi qui se fond graduellement dans le mur contre lequel tu es appuyée et tout cela me semble normal.

De nous voir ainsi réunis, sur un même plan et au même instant malgré une apparente distorsion, me donne à croire qu'il n'y a pas que la linéarité qui soit réelle. Il pourrait même s'agir de deux photographies complètement différentes, l'une prise un mardi par exemple et l'autre un vendredi, et rien n'y changerait. Il a simplement fallu que l'un de nous deux prenne l'autre en photo et qu'ensuite nous inversions les rôles pour *forcer* le cours normal des choses. Et la perception qu'il nous plaît d'avoir du temps. Je ne suis sûr que d'une chose : je reconnais ces lieux pour y être passé souvent à une certaine époque et si je ne parviens pas à me rappeler le nom de cette rue, c'est peut-être que cela n'a aucune importance. Ce qui compte vraiment, c'est de savoir pourquoi la pellicule s'est emmêlée dans le boîtier de la caméra précisément ce jour-là.

Le réveil de la nature

Quand elle m'a réveillé pour me dire qu'elle craignait qu'il n'y ait pas de feuilles aux arbres cette année, j'ai d'abord cru qu'elle rêvait, qu'elle faisait un mauvais rêve. Je ne suis jamais sûr de rien quand on me réveille au beau milieu de la nuit. Mon étonnement s'est accru lorsqu'elle m'a demandé : « Et s'il n'y avait pas de feuilles aux arbres cette année ? Si on se retrouvait en plein mois de novembre et qu'il neige demain matin, qu'est-ce que tu ferais ? »

Notre chambre baigne dans l'obscurité la plus complète, mais je savais que Catherine avait les yeux grands ouverts. Il y a des signes qui ne trompent pas. Je sentais son regard posé sur moi et, davantage pour m'y soustraire que pour me convaincre que je ne rêvais pas, j'ai fermé les yeux pour les rouvrir aussitôt. Je ne rêvais pas.

Que se passerait-il s'il n'y avait pas de feuilles aux arbres cette année ? Jamais une telle question ne m'avait effleuré l'esprit, ne serait-ce qu'une seconde.

Et voilà que je ne pouvais plus m'empêcher de songer à cette éventualité tout en me répétant que tout cela était absurde et qu'il valait mieux nous rendormir. J'allais lui répondre que nous n'aurions pas besoin de ramasser les feuilles mortes à l'automne, mais je me suis aussitôt ravisé. Le moment me paraissait mal choisi pour faire de l'humour. «Qu'est-ce que je ferais?», ai-je répondu en me retournant vers Catherine. Elle s'était déjà rendormie. J'entendais le souffle régulier de sa respiration et je sentais que, pour ma part, je ne retrouverais pas le sommeil aussi facilement. Sans faire de bruit, je me suis levé pour aller fumer au salon.

Quatre heures, et je ne dormais toujours pas. J'avais beau essayer de me raisonner, rien n'y faisait. J'avais fait miennes les craintes de Catherine. Dès que je fermais les yeux, je voyais s'élever au-dessus de la ville une épaisse fumée noire. La bouche et le nez recouverts d'un bout de tissu, des gens allaient et venaient en silence autour de grands feux. Des femmes et des enfants amassaient des branches pour en faire des fagots qu'ils jetaient ensuite dans les bûchers. Des hommes, certains armés de haches et d'autres de scies, abattaient les arbres qu'ils débitaient aussitôt. J'allais d'un groupe à l'autre sans qu'on me prêtât la moindre attention. En fait ils ne me voyaient pas, trop occupés qu'ils étaient. Au loin, j'apercevais une lueur rougeâtre dans le ciel et je me demandais s'il s'agissait d'autres bûchers ou simplement du lever du jour. Me parvenait aussi un bruit strident dont l'amplitude ne cessait de croître, un bruit perçant qui me devenait de plus en plus intolérable. Les yeux et la gorge me piquaient et je me suis mis à tousser en portant les mains à ma bouche. Personne d'autre que moi ne paraissait incommodé et je ne distinguais presque plus rien tant la fumée s'intensifiait, mais j'entendais maintenant Catherine crier.

Le malheureux fauteuil dans lequel je m'étais assoupi n'était plus bon qu'à l'incinération, me suis-je dit en le voyant sur le parterre devant la maison. L'alarme de feu venait enfin de s'arrêter. Le jour allait bientôt se lever quand j'ai aperçu, sur l'une des branches de l'érable devant la maison, le premier bourgeon éclaté.

L'appel

À la hauteur du centre commercial, son regard quitte la route une fraction de seconde. C'est maintenant une habitude, un besoin : vérifier l'heure à l'immense horloge au quartz en bordure de l'autoroute. S'il lui arrive, pour quelque raison que ce soit, de ne pouvoir s'adonner à ce rituel, sa journée s'en trouve irrémédiablement changée, bouleversée. Pierre redoute même quelque chose de fâcheux — un accident ? — lorsqu'un tel empêchement survient. Il se découvre superstitieux et cela l'irrite.

Depuis quelques jours Pierre assiste, impuissant, à une course effrénée contre le temps : l'horloge en bordure de l'autoroute qui ponctue ses allers et retours, cinq jours par semaine et quarante quelques semaines par année, est détraquée. Dès qu'un chiffre apparaît dans la case allouée aux minutes, il est aussitôt remplacé, repoussé par le suivant : 21:12, 21:13, 21:14, 21:15, 21:16, 21:17 pour revenir quelques secondes plus tard accompagné d'une nouvelle décimale 21:20, 21:21 (la répétition des mêmes chiffres représente un présage heureux pour Pierre et fait en quelque sorte contrepoids à l'impression défavorable qu'il ressent depuis son réveil), 21:22, 21:23, 21:24

Les yeux à nouveau rivés sur la chaussée, tantôt celle qui dévale derrière lui tantôt celle qui se projette devant, Pierre s'engage sur une sortie qui lui fait faire un demi-cercle complet pour le diriger sur une autre autoroute, semblable à la première mais qui se déroule vers le sud cette fois. À l'aller, il emprunte les voies qui vont de l'est à l'ouest, puis du nord au sud ; au retour, il fait exactement l'inverse. Pierre y voit quelque chose d'exact et d'absurde, une voie qu'il ne peut quitter sans risquer de défoncer le décor.

Défoncer le décor... L'idée ne lui déplaît pas, le séduit même. De plus en plus, l'irréversible l'attire et chaque fois qu'il s'engage sur cette sortie, qu'il contourne ce bosquet — îlot de verdure initialement prévu au plan d'aménagement routier — il décélère plus que la prudence ne le recommande, scrute l'intérieur de ce groupe d'arbres épargnés par souci d'esthétique, sans savoir ce qu'il cherche à y découvrir. Il n'y a probablement rien au milieu de ces quelques arbres, rien d'autre que des arbres entourés d'arbustes, mais c'est justement ce qui l'attire, ce qui exerce sur lui une incompréhensible fascination.

Comme tous les matins, un bouchon se forme à la sortie de l'autoroute et Pierre sait qu'il en a pour au moins dix minutes à attendre en file avant de pouvoir passer, dix minutes irrémédiablement perdues à guetter un feu de circulation passer du rouge au vert au rouge en espérant chaque fois que ce soit la bonne. L'idée folle qui lui a traversé l'esprit quelques instants plus tôt profite de ce temps mort pour se frayer un chemin à son insu. Être entouré de tronçons d'autoroute au milieu d'une végétation volontairement oubliée là, regarder le monde continuer de tourner, mais sans lui... Pierre sourit à cette perspective insensée et n'éprouve plus qu'une envie : s'arrêter, mais quelqu'un derrière lui klaxonne, le feu est vert, la voie est libre.

Une fois rendu au bureau, le journal étendu devant lui entre un café trop chaud et une pile d'appels téléphoniques à retourner, il n'y pense plus. La journée se déroule comme un lacet d'autoroute, sans autre horizon que la linéarité quotidienne. Mais le lendemain et les autres jours, l'idée lui revient, le projet se précise sans qu'il y ait donné son consentement. Il ne peut plus longer ce bosquet sans s'y sentir appelé, sans s'imaginer en son centre, lui, retiré de la circulation et souriant à la vue de tous ces automobilistes s'empressant d'aller former un bouchon à la sortie de l'autoroute.

D'abord amusante, comme tout ce qui lui permet de déroger à la routine quotidienne, l'idée d'une escapade au beau milieu de l'autoroute commence cependant à l'inquiéter. Et s'il y donnait suite ? Il n'y a à proprement parler aucune loi, du moins à sa connaissance, qui interdise de poser un tel geste, mais Pierre sait que cela n'a aucun sens et il lui répugne de penser qu'il pourrait en venir là. Il décide, pour quelque temps, d'emprunter un autre trajet, mais cela n'empêche pas le rêve de revenir chaque nuit. Il est au volant de sa voiture et, bien que ce soit la nuit, il se rend à son travail. Arrivé à l'endroit où se trouve le bosquet, il ralentit, se range le long de l'autoroute et descend de voiture. Il se voit, tel un somnambule, se diriger vers le bosquet, mais chaque fois qu'il en atteint la lisière il se réveille. Et cela survient toujours au moment même où il croit entendre quelqu'un l'appeler par son nom.

Un matin, Pierre décide de reprendre son trajet habituel. Il s'en veut d'avoir cédé à pareils enfantillages et se dit qu'il ne s'agit là que de relents superstitieux de son enfance (Pierre repense aux parapluies qu'on ne devait, sous aucun prétexte, ouvrir dans la maison sans mettre en péril la vie de l'un de ses occupants). Il constate avec joie qu'on a réparé l'horloge et que le reste va également rentrer dans l'ordre s'il le désire vraiment, et il le désire vraiment. Tout se déroule comme prévu, comme avant, et Pierre se dit que son obsession est maintenant chose du passé. À l'avenir il verra à ce que ses fantasmes ne prennent pas trop d'importance. La journée se passe normalement. Il ne lui reste plus qu'à maîtriser son rêve et tout rentrera dans l'ordre. Pour cela, il se dit qu'il ne devra pas se réveiller lorsqu'il entendra la voix l'appeler. Une fois son message livré, elle s'éteindra d'elle-même. En se couchant, il se concentre sur cette idée et lorsqu'il se voit au volant de sa voiture, il se sait sur le bon chemin. Il se range le long de l'autoroute et se dirige avec assurance vers le bosquet. À quelques mètres des premiers arbres, il s'arrête et écoute. Aucune voix ne se fait entendre. Il s'approche davantage, allonge lentement le bras vers les branches quand il sent une main l'agripper et le tirer vers l'avant en même temps qu'une forme surgit du bosquet et court en direction de sa voiture. Pierre se réveille en sursaut. Au loin, dans la nuit, il croit percevoir un crissement de pneus. Il se lève et s'habille à la hâte, court chercher le récipient d'essence dont il se sert pour sa tondeuse, et le reste, cette histoire d'un individu qu'on a vu fuir d'un bosquet en flammes le long de l'autoroute, il le parcourra comme tout le monde sur trois colonnes de journal le lendemain entre un café trop chaud et une pile d'appels téléphoniques.

...onne pas

Bien allongé dans mon fauteuil de lecture (je ne m'y assois plus depuis qu'il en a pris l'habitude), il dort enfin. À moins que ce ne soit une feinte pour mieux me surprendre, pour accentuer le sentiment de désarroi et d'impuissance qui ne me quitte maintenant plus. Comment m'assurer qu'il dort vraiment? Il faudrait que je me retourne, mais ne serait-ce pas lui avouer ma lâcheté? J'évite de faire le moindre bruit. Je m'empêche même de bouger, de déplacer ma feuille de papier ou de laisser seulement ma main traîner sur sa surface. J'appréhende déjà l'instant fatidique où il me faudra retourner cette feuille sans provoquer le moindre froissement, retenir mon souffle et attendre. Attendre dans l'espoir inavoué de ne pas sentir son regard me lacérer le dos. Au moindre bruit suspect ses yeux s'entrouvriront, lentement, perversement. Au même instant, ma main s'immobilisera et l'imperceptible tremblement qui s'en emparera me trahira.

Un matin je me suis réveillé et il était là, au pied de mon lit, immobile, comme s'il y avait toujours été, me fixant, me dardant d'un regard que je ne pouvais soutenir. J'ai aussitôt eu le sentiment qu'il m'appartenait de justifier ma présence en ces lieux, dans ma chambre, dans mon lit. Et je n'ai pas pu. Tu vas sans doute croire que j'ai perdu la raison. Je dois admettre qu'à certains moments je ne suis pas loin de le penser. Mes attitudes me sont devenues incompréhensibles. J'ai parfois même l'impression *malheur!* j'ai remué ma chaise sans m'en rendre compte et le bruit — le plus léger frottement prend maintenant l'ampleur d'un vacarme d'enfer — l'a sûrement éveillé... Non, il ne bouge pas, sa respiration est régulière et profonde. Je me surprends d'avoir développé si rapidement des réflexes de défense. L'acuité de mes sens est aujourd'hui telle qu'il me semble que tout ce qui compose le monde ambiant m'est devenu hostile.

Où en étais-je? Je me sens si épuisé, si inquiet. Chaque fois que je me risque à t'écrire, je sens par-dessus mon épaule son regard me l'interdire. Ces derniers jours je me suis même empêché de regarder ma table de travail, d'évoquer les mots et les phrases que je t'écris présentement. Je sais qu'il lit dans mes pensées, qu'il devine jusqu'à mes intentions les plus secrètes. J'ai même songé à l'emp... mais tu vois je crains de l'écrire de peur d'éveiller à nouveau ses soupçons.

Il n'accepte aucune autre présence. Les gens qui avaient l'habitude de me rendre visite ont cessé de venir d'eux-mêmes, m'évitant ainsi de formuler une explication que je serais incapable de donner. Ont-ils aussi compris qu'ils ne pouvaient plus rien pour moi? Mes sorties se limitent maintenant aux achats essentiels et je rentre aussitôt. J'espère chaque fois qu'il ne sera plus là à mon retour, mais dès que je referme la porte je sens son regard se poser sur moi, s'agripper à moi devrais-je dire. Hier j'ai eu l'impression qu'il réprouvait mes sorties : peut-être m'interdira-t-il aussi de m'absenter bientôt? Je songe même à faire des provisions. Pas pour moi (je ne mange presque plus), mais pour lui. Il dévore tout ce que je lui donne (j'ai horreur de le voir me tourner autour en miaulant). Depuis une semaine j'ai l'impression qu'il grossit à vue d'œil et il m'arrive souvent de penser, non, tout cela n'a aucun sens.

Il vient de remuer. Je le sais, je le sens se préparer à bondir dans mon dos. Je n'ose cependant pas me retourner, l'affronter à nouveau. Je dois continuer à t'écrire, faire comme si de rien n'était, déjouer ma culpabilité, plutôt celle qu'il a fait naître en moi. Je dois oublier jusqu'à sa présence, l'annihiler dans mon esprit et reprendre possession de mes sens, de mes gestes, de ma liberté.

Non, il dort toujours. Sinon comment aurais-je pu faire preuve d'un tel courage? Dieu seul sait de quelle machination infernale il serait capable pour m'interdire à jamais de t'écrire. Mon poignet me fait d'ailleurs horriblement mal depuis hier, quand j'ai follement cru pouvoir le tromper en voulant te téléphoner. À peine avais-je décroché le récepteur et composé les premiers chiffres de ton numéro qu'il m'a solidement happé la main droite à la hauteur du poignet, me forçant à raccrocher, vaincu, terrifié. Il m'arrive de croire qu'il s'est emparé de mon esprit, qu'il ne me laisse plus formuler que des pensées inoffensives. Peut-être m'imposera-t-il d'ici peu ses propres désirs et fantasmes et je n'aurai d'autre choix, d'autre possibilité que d'acquiescer à sa volonté. J'élaborerai alors les plans de ma servitude, jusqu'au jour où j'arrêterai le moment de ma mort.

Je sais maintenant pourquoi il ne s'est pas réveillé tout à l'heure, ou même en ce moment alors que je viens d'échapper mon stylo. Il ne dort pas. Ses yeux sont fermés et il est immobile, mais il ne dort jamais. Ma main me fait de plus en plus souffrir et il me sera bientôt impossible de former la moindre lettre. J'aurais dû comprendre son attitude faussement nonchalante depuis hier au lieu de croire à un répit, à un relâchement de son emprise. Comment n'ai-je pas compris plus tôt qu'il ne reste présentement étendu sans remuer que parce qu'il sait l'instant venu et qu'il n'a plus qu'à attendre. Ma main enfle à vue d'œil et je sais qu'il est trop tard, que plus rien ne sert à rien. J'ai de plus en plus de difficulté à tracer les... prends garde... la morsure de ce chat ne pard...

L'examen

« **T**erminé ! Apportez vos copies à l'avant. » Un bruit assourdissant de pattes de chaises qu'on traîne sur le plancher achève de me tirer de ma torpeur tandis que la jeune femme assise à mes côtés me regarde sans rien dire. Au moment où je vais lui adresser la parole (mais que lui dirais-je ?), elle se lève lentement et s'engage dans l'allée. Relit-elle vraiment les feuilles qu'elle a en main ou fait-elle seulement semblant ? Je ne la quitte pas des yeux lorsque enfin elle se retourne, toujours aussi lentement, pour me sourire une dernière fois avant de se fondre dans le mouvement qui déferle maintenant vers l'avant.

Je me trouve dans une immense salle où s'alignent de façon parfaitement symétrique plusieurs rangées de tables. Nous sommes deux par table, et je partageais la mienne avec la femme dont le sourire flotte encore devant moi. Au bout de chaque rangée, des personnes vêtues de grandes toges blanches ramassent des feuilles semblables à celles étalées devant moi. Je reconnais bien mon écriture, mais c'est tout. La même voix autoritaire retentit à nouveau : on m'ordonne d'apporter ma copie sans plus attendre. J'obéis aussitôt, comme si toute désobéissance était non seulement interdite, mais impossible. En remettant mes feuilles au surveillant, j'ai tout juste le temps de me ressaisir et d'apercevoir l'en-tête de celle du dessus : *Examen d'admission*, mais au même moment la salle est plongée dans l'obscurité la plus complète. Je me souviens seulement d'avoir entendu des voix dans le couloir et, en me dirigeant au son de ces voix, j'ai fini par trouver la sortie. Des gens s'éloignaient en discutant, lampes de poche à la main. J'ai crié, mais ils ne se sont pas retournés. J'étais pourtant certain d'avoir reconnu ma compagne d'examen et j'ai à nouveau crié dans leur direction, sans plus de succès.

J'ai beau essayer de me rappeler ce qui s'est passé par la suite, rien n'y fait. Je me retrouve toujours dans une salle où je suis assis à côté d'une jeune femme que je n'ai jamais vue auparavant. Des gens vêtus de toges blanches ramassent les feuilles posées devant nous. Plus je cherche à comprendre — que signifie ce soi-disant examen d'admission ?—, plus la voix se fait impérative en moi : « Terminé ! Apportez vos copies à l'avant. Terminé ! Ter-mi-né. »

La voix s'est enfin tue. L'obscurité persiste, mais je discerne maintenant la présence de murs de chaque côté de moi. Si je n'arrive pas à les toucher en étendant les bras, je sais cependant que je me trouve dans un corridor, un immense couloir où se font face une multitude de portes. De derrière chacune d'elles émane un mince filet de lumière diffuse qui se répand aussitôt sur chacun des seuils. D'étranges dessins dont la forme sphérique rappelle des mandalas sont gravés à même les dalles du plancher. Bien qu'ils demeurent pour moi incompréhensibles, je sais que ces signes renferment la réponse que je recherche, le pourquoi de ma présence en ces lieux.

Du fond du couloir, j'entends quelqu'un venir à ma rencontre. Sans cesse la personne répète les mêmes paroles sous forme de litanie. L'obscurité m'empêche encore de percevoir la forme que revêt la voix pour se matérialiser, mais à mesure qu'elle me parvient plus distinctement la lumière s'intensifie. J'aperçois alors un homme âgé s'avancer lentement vers moi en tenant une tasse entre ses mains. Dès que je distingue ses traits, il me semble le reconnaître et quelque part en moi se désagrège une image que je croyais vraie. Ses paroles me sont enfin audibles : « Un deux ce n'est pas un trois, un deux ce n'est pas un trois, un deux ce n'est pas un trois... » J'interroge alors le vieillard sur le sens de ses paroles, mais il ignore d'abord ma question. Puis, passant à mes côtés sans même me regarder, je l'entends me répondre faiblement : « J'apprends à conter à une tasse ». Il poursuit ensuite son chemin en continuant de répéter : « Un deux ce n'est pas un trois, un deux ce n'est pas un trois, un deux ce n'est pas un trois, un deux... » Je le regarde s'éloigner sans bouger et avec lui disparaît progressivement la lumière, comme si une personne se tenait derrière chaque porte et éteignait la lampe qui s'y trouve à mesure que le vieillard s'en éloigne. Bientôt il n'y a plus qu'une faible lueur provenant du fond du couloir et une fois de plus le rai de lumière semble émaner du seuil d'une porte. Je sais que je n'ai d'autre choix que de m'y rendre et d'ouvrir cette porte.

« Dépêchez-vous ! L'examen va bientôt commencer. »

Invention n° 8 : Gypsy Fiddler

J'avais décidé de me remettre à écrire, comme d'autres se remettent à jouer du piano après avoir été des années sans toucher un clavier. La veille, j'avais revu Maurice et depuis je ne cessais de l'imaginer au volant de sa voiture, magnétophone en main. Cette image m'est venue lorsqu'il m'a dit : « Je pense souvent à toi ces derniers temps ». Pour la première fois, nos regards se rencontraient, librement. Plus tard, il m'a donné une feuille blanche et une plume. « Écris tout ce qui te passe par la tête », m'a-t-il simplement dit.

La feuille posée devant moi, j'ai hésité un long moment avant de prendre la plume. J'allumais cigarette sur cigarette, m'imprégnant à la fois du silence autour de moi et de la blancheur éclatante du papier. N'en pouvant plus, j'ai saisi la plume d'un geste nerveux, je l'ai décapuchonnée dans l'intention arrêtée de... un bruit de guillotine dont on vient de libérer le couperet a alors sifflé à mes oreilles.

Je sentais l'impatience du professeur derrière moi et je jouais de plus en plus mal. Dès que mes doigts se posaient sur le clavier, on aurait dit que tout s'effondrait autour de moi, comme si j'étais la source de cette discordance. La partition ne m'était pas inconnue ; si je ne l'avais pas jouée cent fois, je ne l'avais pas jouée une seule fois. Et pourtant je n'y arrivais plus.

De mes deux mains, j'essayais d'assourdir le bruit qui martelait mes tempes. La plume, décapuchonnée, reposait à côté de la feuille blanche. J'ai fermé les yeux et j'ai pensé aux rideaux que l'on tire à la tombée de la nuit. C'est à ce moment je crois que je me suis mis à entendre quelqu'un jouer du piano, une mélodie que j'entendais souvent quand j'allais chez Maurice. Soudain, j'ai compris ce qui n'allait pas : je n'arrivais plus à suivre la partition, il m'était devenu impossible de lire la feuille de musique posée devant moi. Comme si quelqu'un avait changé les règles de transcription.

La feuille était toujours aussi blanche. J'ai allumé une autre cigarette dont le goût, de plus en plus âcre, se répandait en moi avec la lente assurance du poison. Je ne pensais plus qu'à une chose : fuir, retrouver l'air libre avant qu'il ne soit trop tard. Je me suis alors aperçu qu'il y avait trois portes et qu'aucune n'avait de poignée.

(rivé devant sa feuille blanche comme il l'était devant sa partition — on n'entendait plus jouer —, il avait le sentiment qu'il lui suffirait de dessiner une poignée de porte, ou simplement d'écrire le mot *sortie* sur la feuille blanche pour se soustraire à l'impasse absurde dans laquelle il se trouvait, et pourtant il n'y arrivait pas, il se sentait paralysé, pétrifié)

À mon réveil, il faisait nuit et je ne percevais plus qu'un grondement sourd et lointain. Je ne me rappelais pas avoir tiré les rideaux de la fenêtre du salon, mais les forces me manquaient pour reconstituer les gestes que j'avais posés. Les forces et la conviction. J'ai abaissé le couvercle du piano, saisi la partition *Invention n° 8 : Gypsy Fiddler*, lorsque j'ai remarqué des taches d'encre sur mes doigts.

Et après ?

Et après ?
— Après ? Comment ça après ? Qu'est-ce que vous voulez que je vous dise ? Je ne suis certainement pas le premier à qui ce genre de chose arrive.
— Oui, mais les autres ?
— Les autres ? Je ne sais pas moi, ils se lèvent, s'habillent et s'empressent d'aller travailler comme chaque matin. Pour eux j'imagine que la vie reprend normalement, elle continue de la même façon que la veille et ils s'attendent à ce que cela demeure ainsi. L'important c'est qu'il y ait une suite, une continuité. Ils ne doivent d'ailleurs consentir à s'arrêter qu'à cette condition : qu'avant ou après, tout soit toujours pareil. Ils ne désirent pas autre chose au fond.
— Et vous ?
— Moi ? Avant même d'ouvrir les yeux, je sentais déjà que quelque chose n'allait pas. J'ai d'abord pensé que c'était le réveil qui
— Le réveil ?

— Oui, le réveil, il ne s'était pas mis en marche. J'avais dû, moi ou Catherine, pour une raison qui m'échappe, oublier de l'actionner sur la commande automatique. J'avais la même impression que celle que j'éprouve le samedi matin : aucune hâte, le silence qui ne commande rien, ni lever précipité ni journée planifiée. Refuser d'ouvrir les yeux, reporter à plus tard le mouvement des paupières, quelle liberté merveilleuse... J'éprouvais cependant tout le contraire malgré le silence et le refus de tout mouvement. Un moment j'ai même pensé que je rêvais.

— Et cela explique que vous n'arriviez pas à ouvrir les yeux ?

— Je me voyais dans mon propre lit et je refusais d'ouvrir les yeux pour ne pas interrompre le rêve. Et je n'y tenais pas parce que j'ignorais ce qui surviendrait par la suite. Le rêve me servait en quelque sorte d'alibi.

— D'alibi ?

— Oui, de prétexte si vous préférez pour ne pas avoir à ouvrir les yeux tout de suite. L'absence de Catherine à mes côtés suffisait à me détromper que nous puissions être samedi et non un autre jour de la semaine. Le samedi je me lève toujours le premier et là j'en étais sûr : il n'y avait personne d'autre que moi dans ce lit. Même pas la peine d'étendre le bras. Cela aurait pu raffermir en moi l'impression du rêve — car je pouvais très bien rêver que j'étais seul dans ce lit —, mais au contraire son absence donnait davantage de prise à l'autre sentiment qui prenait forme en moi.

— Comment définiriez-vous ce sentiment ?

Et après ?

— Un sentiment mitigé de crainte et d'incompréhension, d'appréhension même, mais je ne saurais dire ce que j'appréhendais tant tout était diffus. Couché sur le dos, moi qui ne dors pourtant jamais dans cette position, je me disais : « Tu n'as qu'à ouvrir les yeux pour que tout rentre dans l'ordre.» Pourtant j'en retardais le moment, revenant sur l'idée du rêve comme si je cherchais à me convaincre qu'il s'agissait bien d'un rêve puisque j'avais rejeté la possibilité que nous soyons samedi. Je devais, je le sais maintenant, craindre la suite des événements.

— Et après ?»

II

Variation sur une méprise

Le voilà de nouveau, sur la même artère, debout devant l'immeuble où habite Bleau, avec une valise de cuir qu'il serre contre lui à deux bras, semblable à celle qu'on lui a volée. Il hésite. Ou du moins il attend. Il regarde, scrute l'immeuble, considère les cinq étages. Au premier quelqu'un tire les rideaux. Rien ne lui échappe. Son regard arpente les fenêtres une à une, escalade la paroi abrupte avec l'agilité et la détermination d'un voleur la nuit. Au quatrième il manque de perdre l'équilibre à cause de ce chat qu'il n'avait pas vu et qui à son tour le regarde, confortablement étendu sur le rebord de la fenêtre. Il se reprend aussitôt et continue sa lente ascension. Arrivé au cinquième il s'arrête un instant, s'assure qu'il a toujours sa valise contre lui et que personne ne s'apprête à l'assaillir par derrière. Quand sa respiration reprend son rythme normal, il oblique vers la droite, surtout ne pas regarder en bas, plus que deux fenêtres et il y sera enfin... Bleau aussi a tiré ses rideaux.

Hoppe se sent défaillir. Ses tempes résistent mal au surcroît de flux sanguin causé par sa trop brusque descente. Et cette nausée qui le reprend, cette impression que le trottoir se liquéfie sous ses pieds, qu'à nouveau il ne pourra plus respirer, qu'il étouffera.

«Vous ne vous sentez pas bien?»

Qui est cet homme qui le regarde aussi fixement? Que lui veut-il? Jamais Hoppe ne l'a vu auparavant, du moins ne le reconnaît-il pas. Il a beau chercher, ce visage ne lui rappelle personne. Il est peut-être nouveau, pense Hoppe, et on l'aura envoyé pour qu'il ne s'effraie pas. La dernière fois ils ont dû se mettre à trois pour l'emmener. Il se revoit se débattre contre les hommes vêtus de blanc pendant que l'un d'eux prépare une seringue. Le sol se défile sous ses pieds tandis que de chaque côté se tiennent maintenant les hommes en blanc. Leurs regards n'expriment qu'une immense lassitude entre ces murs qui ne cessent de se rapprocher, mais ils semblent ne pas s'en apercevoir. Hoppe les distingue de plus en plus mal. Tout devient blanc, ou noir, il ne sait plus. Seul, au loin, lui parvient un bruit de sirène qui s'éloigne dans la nuit.

«Vous vous sentez mal?», reprend la voix, insistante.

Hoppe sait que l'homme attend une réponse, qu'il ne s'en ira pas tant qu'il ne la lui aura pas donnée. Il lui faut surtout éviter d'éveiller des soupçons chez cet inconnu — à moins que lui ne le connaisse? Comment peut-il être sûr qu'il s'agisse vraiment d'un inconnu? Qu'importe, il est maintenant trop tard, il lui faut répondre, il n'a plus le choix.

«Je crois que j'ai eu un étourdissement», finit par dire Hoppe en regardant son interlocuteur dans les yeux comme pour mieux se convaincre lui-même. A-t-il formulé la bonne réponse? L'inconnu s'en satisfera-t-il? Hoppe ne pense qu'à une chose : s'enfuir avant que les hommes en blanc ne surgissent derrière lui. Il sent la sueur ruisseler le long de ses côtes et ses bras ont resserré leur étreinte autour de sa valise. Il n'a pourtant aucune raison de vouloir fuir, il n'a enfreint aucune loi, ni posé aucun geste répréhensible. Sa seule présence en un lieu public justifie-t-elle pareille persécution?

«Je peux vous déposer quelque part si vous voulez, propose aussitôt l'inconnu en se rapprochant comme s'il allait lui prendre le bras. Ma voiture est à deux pas d'ici.

— Non, s'empresse de répondre Hoppe qui ne peut retenir un mouvement de recul. Je vous remercie, mais je me sens mieux, beaucoup mieux. Je n'ai eu qu'un étourdissement, mais c'est passé maintenant.»

Hoppe regarde l'inconnu s'éloigner, s'assure qu'il s'éloigne vraiment, qu'il est vraiment seul. L'homme se retourne, jette un rapide coup d'œil dans la direction de Hoppe qui fait aussitôt mine de s'en aller en sens inverse. L'homme secoue la tête et poursuit son chemin sans plus se retourner. Hoppe sait déjà ce que l'inconnu racontera à sa femme en rentrant chez lui.

Profitant du feu vert, Hoppe traverse la rue, serrant solidement la poignée de sa valise comme le font les autres hommes autour de lui. Cette façon de faire ne lui est visiblement pas familière et il craint une fois de plus qu'on ne l'interpelle pour cette raison. De l'autre côté de la rue, il rectifie sa prise sans se rendre compte qu'elle le trahit davantage. Il se poste devant une épicerie, regarde les rares passants qui à cette heure se lancent à l'assaut des feux verts, parfois rouges, avec ou sans sac à provisions. Il cherche à comprendre.

Il est à nouveau devant l'immeuble où habite Bleau. Hoppe ne s'en aperçoit qu'une fois immobilisé devant l'entrée. Encore quelques pas et il pourra poser la main sur la poignée de la porte vitrée. Et si Bleau sortait au même moment? Il ne s'est pas préparé à une telle éventualité, il n'a pas envisagé la possibilité de croiser Bleau à la sortie de l'immeuble. Son plan lui apparaît maintenant plein de failles, son issue de plus en plus incertaine. Il ne peut toutefois plus reculer, et il le sait depuis le début, depuis la fois où Bleau lui a téléphoné en pleine nuit, se faisant passer pour un inconnu qui compose un numéro au hasard pour lui dire qu'il va mourir...

« Vous perdez votre temps, M. Bleau n'est pas là. Il n'est pas encore rentré de voyage. Vous êtes aussi journaliste? Vous êtes sans doute venu le féliciter. Ah! vous n'êtes pas le premier. Si vous saviez le nombre de personnes qui sont venues pour féliciter M. Bleau depuis un mois. Pensez donc! Un romancier! Et dans ma maison en plus! Vous le saviez, vous? Tenez, il y a même des journalistes de l'étranger qui ont demandé à le voir hier, sans compter les gens de la télévision la semaine dernière. »

Remis de sa surprise, Hoppe regarde la concierge,

chiffon à la main, frotter énergiquement le pan de mur où s'alignent une vingtaine de boîtes aux lettres. Planté derrière elle, Hoppe aperçoit le reflet de sa silhouette sur la paroi étincelante, sa valise toujours serrée contre sa poitrine.

« Vous connaissez M. Bleau depuis longtemps?, demande la concierge en se retournant vers lui.

— Assez oui, répond-il sans quitter sa valise du regard sur la paroi.

— Vous savez, moi je demande ça comme ça. C'est pas que je cherche à savoir, mais quand j'ai vu sa photo dans le journal et l'article, je me suis dit que ça ne m'étonnait pas au fond. »

Hoppe cherche à mettre un terme à cette conversation absurde. Il veut surtout se soustraire à l'emprise de son propre reflet avant que l'irrémédiable ne se produise.

« Vous m'excuserez mais je dois partir. J'ai un train à prendre, s'empresse de dire Hoppe en se dirigeant vers la sortie.

— Ah! mais vous rencontrerez peut-être M. Bleau, lui lance la concierge avant que la porte ne se referme. Il arrive de Montréal par le train de seize heures dix je crois. Quel nom dois-je dire à M. Bleau?

— Bleau », lui crie Hoppe sans se retourner.

Le moment de stupeur passé, le danger reporté à plus tard, Hoppe respire à nouveau. Au premier coin de rue, il s'empresse de bifurquer à gauche pour se dérober à l'éventuel regard de la concierge. Trop bavarde pour être discrète, elle le reconnaîtra maintenant entre mille. Ses paroles le poursuivent aussi obstinément que l'a fait Bleau depuis plus d'un an...

Le féliciter !... Si vous saviez le nombre de personnes qui sont venues... Un romancier ! Pensez donc !... journalistes de l'étranger... filmer Bleau... le train de seize heures dix... Il imagine Bleau quand elle lui racontera sa visite. *Oui, comme je vous le dis, un homme avec une valise noire, même qu'il ne cessait de la tenir serrée contre lui comme s'il craignait qu'on ne la lui vole, et il a dit s'appeler Bleau, tout comme monsieur...*

Dans la cohue de midi, Hoppe essaie de retrouver son calme. Il voit Bleau partout, tous les regards qu'il croise lui renvoient invariablement le même verdict. Tous l'accusent, le méprisent et le violent comme le regard de Bleau qui n'a cessé de le poursuivre sans que Hoppe ne comprenne pourquoi. Mais depuis un mois il sait, il a compris de quelle machination il a été victime. Le monstre, pense-t-il, s'est enfui sitôt son roman paru. Son roman à lui, Hoppe. Sa main droite serre violemment la poignée d'une valise noire, et ils ne sont que deux à savoir ce qu'elle contient.

Ses pas l'ont conduit dans ce parc où tant de fois Bleau l'a espionné. Il revoit le romancier s'avancer dans l'allée où il l'a aperçu pour la première fois, avec cette expression de fausse candeur qui lui est si familière. Hoppe ne se rend même pas compte de l'intérêt que l'autre porte pourtant si manifestement à sa valise. Il le classe d'emblée dans la catégorie des passants inoffensifs, ceux qui le remarquent à peine ou, s'ils le regardent un instant, n'expriment aucune menace. Bleau a su l'approcher sans l'effrayer, pour mieux le traquer par la suite, pour mieux le perdre dans la toile qu'il tissait à son insu. Même la démarche de Bleau lui apparaît aujourd'hui arachnéenne. Ce parc n'évoque plus pour Hoppe que l'image d'une défaite : la sienne. Jusqu'à ce jour Hoppe n'a pu venger sa propre mort. Il se sait perdu depuis qu'il a vu la photo de Bleau en première page des journaux. Et ce titre imprimé en grosses lettres surplombant le sourire du romancier aujourd'hui adulé : *Attention ! Romancier méchant*. Il a d'abord cru rêver, mais après avoir lu l'article nul doute ne pouvait subsister dans son esprit. Hoppe ne peut plus rien contre Bleau. Il est le seul à savoir, mais aux yeux de tous il est mort. Ses antécédents asilaires le condamnent à l'avance. Peut-on poursuivre un romancier pour le meurtre de l'un de ses personnages ? Jamais Hoppe ne pourra prouver que Bleau l'a froidement assassiné, lui, le personnage central de son roman. Jamais il ne pourra démontrer de quelle absurde méprise il est victime. Depuis la parution du roman, il est un homme mort.

Il n'avait jamais su comment se terminerait son roman. Il avait cependant toujours cru que la mort de son personnage le libérerait, lui ferait à nouveau accéder au monde des vivants. Le personnage auquel il a donné vie durant plus de dix ans, partageant avec lui ses rêves et ses angoisses, affrontant la même solitude, le même abandon, le même mépris, ce personnage est aujourd'hui mort. Et c'est un autre qui s'en est allé avec son âme.

Hoppe n'appartient plus à ce monde. Tout depuis un mois ne cesse de le lui confirmer. Bleau l'a enfermé, pour toujours, dans l'univers trop réel de ses angoisses, prisonnier d'un roman qu'un autre a signé. Bleau lui en a même fait parvenir un exemplaire quelques jours après le lancement. Un exemplaire dédicacé : *Avec mes pensées les plus présentes.* Hoppe se lève et lentement se dirige vers la rue.

En ce moment, Bleau doit regarder la vie (la sienne ?) défiler devant ses yeux, confortablement assis sur une banquette de train. Il songe sans doute, respirant à l'aise dans sa nouvelle peau, que la vie n'est qu'une longue et interminable méprise. Il va bientôt rentrer chez lui, fatigué de toutes les entrevues qu'il aura données, las d'expliquer sans cesse les difficultés rencontrées dans l'élaboration de son roman, de tracer pour d'autres une ligne de démarcation entre la fiction et le réel. Il sait qu'il devra à nouveau se prêter à des séances de signature, que les gens croiront se méprendre à lire ce qu'il leur aura écrit, mais comment pourrait-il repérer un autre personnage ? Son œuvre est déjà écrite, il ne lui reste qu'à la trouver.

« Vous voilà enfin de retour monsieur Bleau, s'écrie la concierge en le voyant chercher ses clés. Vous avez fait bon voyage ? Si vous saviez tous les gens qui veulent vous voir. Jusqu'à des journalistes qui sont venus de l'étranger pour une interview, certains par deux fois, avec des magnétophones et des caméras, je leur ai dit de revenir, que vous seriez sûrement heureux de les

— Vous avez ramassé mon courrier, lui demande distraitement Bleau en constatant que sa boîte aux lettres est vide.

— Oui, comme toujours, reprend aussitôt la concierge. Je vais vous le chercher, mais avant que j'oublie il faut que je vous dise que l'un de ces messieurs, il en est venu plusieurs comme je vous ai dit, mais l'un d'eux

— Je suis un peu fatigué, madame Brulotte, l'interrompt Bleau, si ça ne vous ennuie pas je préférerais que vous me racontiez tout ça demain.

— Oui, bien sûr, je comprends, poursuit la concierge quelque peu vexée, mais je voulais seulement vous dire que l'un de vos amis est venu ce midi et ça m'a frappé parce qu'il porte le même nom que vous.

— Qui? s'écrie Bleau en se retournant vivement vers elle.

— Bien, monsieur Bleau.»

Bleau reste estomaqué quelques secondes, puis il se précipite dans l'escalier, manque de tomber à plusieurs reprises avant d'arriver à son palier en proie à une crainte sourde qui prend de plus en plus forme dans son esprit. Il hésite un instant devant sa porte, cherche confusément ses clés lorsque la porte s'entrouvre dans un mince filet de lumière. Au fond de l'unique pièce de séjour, Hoppe est suspendu devant l'une des deux fenêtres qui donne sur la rue. Il vacille docilement, l'air de dire oui. Sur sa poitrine est épinglé un billet à la hauteur du cœur sur lequel Bleau peut lire : *Je suis Bleau*. Et à ses pieds une valise noire, ouverte, horriblement vide.

Jour de paye

Jeudi. Une fois sur deux, ou deux sur quatre, ou vingt-six sur cinquante-deux, c'est jour de paye. L'un des seuls moments où vous acceptez, où vous tolérez sans trop rechigner de vous mettre en file et d'attendre. Une fois sur deux vous choisissez le mauvais guichet, vous prenez la mauvaise file parce que, deux fois sur quatre, les caissières sont plus efficaces aux guichets voisins. Vous n'y pouvez rien, sinon changer de file d'attente sans avoir l'assurance que vous ne perdrez pas au change. Vous optez pour le statu quo. Après tout c'est jeudi, une fois sur deux.

Enveloppe à la main, les bras tantôt croisés, tantôt derrière le dos, vous vous efforcez de prendre votre mal en patience. Sans que cela ne vous surprenne, les gens adoptent la même attitude autour de vous. Vous êtes conscient des regards qui se toisent d'une file à l'autre. Mentalement, vous désignez votre rival de gauche, puis celui de droite. Qui de vous trois ressortira le premier ? Aussi absurde que cela puisse paraître, ce petit jeu anodin réveille aussitôt votre instinct de compétition et allégera votre attente. Mais aujourd'hui il fait trop chaud, vous êtes dans la mauvaise file et vous vous dites que vous n'avez ni le cœur ni la tête à pareils enfantillages. De toute façon il n'y a que cinq personnes en avant de vous. Dans quinze minutes ce sera votre tour (vous avez maintes fois vérifié qu'une caissière prend en moyenne trois minutes pour servir un client), et vous en avez au plus pour deux minutes.

« Je regrette, monsieur, mais je ne peux accepter votre chèque. »

Vous croyez d'abord avoir mal entendu, absorbé que vous êtes dans votre livret de banque. Ou plutôt vous avez bien entendu les paroles de la caissière, persuadé toutefois qu'elle ne s'adresse pas à vous. Il vous semble tout à coup que la chaleur a brusquement augmenté à l'intérieur de la banque. Et c'est probablement le cas pensez-vous en vérifiant une dernière fois les chiffres que vous avez alignés à l'endos de votre enveloppe. Vous ressentez de plus en plus le besoin de vous retrouver à l'air libre, de ne plus sentir dans votre dos la présence de cette femme dont la respiration suffit à vous exaspérer.

« Je regrette, mais je ne peux accepter votre chèque. Votre signature n'est pas valide. »

Cette fois vous relevez les yeux, votre regard rencontrant aussitôt celui d'une jeune fille dont vous pourriez être le père. Cette idée ne fait que traverser votre esprit et vous ne vous y arrêtez pas. Par contre, à cette pensée, la jeune fille est visiblement mal à l'aise de devoir vous réitérer un refus. Derrière vous la femme s'est mise à toussoter. Tous les regards, ceux-là même que vous vous amusiez à soutenir quelques instants plus tôt, sont maintenant fixés sur vous. Devant vous la caissière cherche à détourner les yeux, mais votre regard s'accroche au sien. Sans le vouloir vous la paralysez derrière son guichet, tout comme vous l'êtes devant. Elle tient un chèque entre ses mains — tout probablement le vôtre — et elle ne sait manifestement pas quoi en faire. Une explication s'impose.

«La signature qui apparaît à l'endos de votre chèque ne correspond pas à celle-ci», vous répond la jeune fille en vous tendant votre permis de conduire. Le tremblement de sa voix vous incite à penser qu'elle s'attend à ce que vous braquiez une arme dans sa direction. Cette crainte semble partagée par plusieurs autres personnes dans la banque. Peut-être êtes-vous même le seul à savoir que vous n'avez aucune arme sur vous, que vous n'avez nullement l'intention de poser un tel geste. Vous sentez alors une main se poser sur votre épaule en même temps qu'une voix vous dit : «Passez ici s'il vous plaît.»

Dans deux minutes vous retrouverez l'air libre.

La glace

S a main tremble. Il n'a pu contenir le tremblement en portant la cigarette à ses lèvres. Il n'a
pas su, cette fois, dissimuler le désarroi, l'inquiétude. Il n'aurait d'ailleurs pas dû allumer
une autre cigarette. Mais il fallait qu'il pose un geste,
rapidement. Ériger un écran de fumée entre lui et son
entourage, entre ce qu'il ressent et la contenance qu'il
veut se donner. Et attendre que la confusion se résorbe
avant de se lever et de sortir à son tour.

La cigarette repose entre ses doigts et il s'efforce
de l'immobiliser complètement. Lentement, très lentement, elle brûle tandis que lui reviennent ses dernières
paroles, le bruit d'un sac qu'on referme en toute hâte,
les pas qui s'éloignent. Le cylindre blanc se transforme
en une cendre grisâtre qui menace de rompre à tout
moment le précaire équilibre vertical auquel son être
entier tente de se rattacher. Tantôt blanche, tantôt
bleuâtre, la fumée se détache en volutes sinueuses et
tourbillonne quelques instants avant de se confondre

aux autres colonnes de fumée qui s'évanouissent au même rythme autour de lui.

Chaque fois qu'il porte la cigarette à ses lèvres, il sent le tremblement s'intensifier. Il se dit qu'il devrait l'éteindre, l'écraser dans le cendrier déjà rempli de tant d'autres mégots. Il fume trop. Elle le lui a d'ailleurs souvent reproché, mais elle n'est plus là pour poser sa main sur la sienne, pour effleurer ses lèvres du bout des doigts.

« C'est fini entre nous, je m'en vais », lui a-t-elle simplement dit avant de se lever — jamais elle ne s'était levée aussi lentement — et de sortir. Elle est partie sans même se retourner. Et lui est resté assis, sans bouger, sans chercher à la retenir. Il est resté longtemps à regarder le reflet de la lumière scintiller dans ses cheveux. Le garçon n'a pas changé le cendrier, n'enlevant que les assiettes auxquelles ils n'avaient presque pas touché. Il a seulement constaté que le garçon avait emporté son paquet de cigarettes. Il devait être vide. Il aurait pu le rappeler pour le lui demander, mais il sentait trop de regards posés sur lui. Il a alors plongé la main dans la poche intérieure de son veston et c'est à ce moment qu'elle s'est mise à trembler. D'abord la main, ensuite les lèvres.

La cendre recouvre entièrement le feu maintenant. Il lui faudrait la déposer dans le cendrier avant qu'elle ne tombe sur la nappe, mais il ne peut se résigner à l'éteindre. Il craint de dévoiler davantage l'inquiétude qui le ronge de l'intérieur. Peut-être à cause de cet homme assis devant lui. Un homme qui n'est plus tout à fait jeune ni encore vieux et qui le fixe depuis un moment, sans vraiment le regarder. Il ne semble pas avoir remarqué que la cendre de sa cigarette vient de tomber sur la nappe blanche et qu'elle est partie, pour ne plus revenir.

Sans quartier

D'abord je n'avais pas reconnu cette odeur qui m'était pourtant familière. Non pas que je t'aie oubliée — comment le pourrais-je ? —, mais il y avait si longtemps. Le temps était lourd et les gens se pressaient de rentrer chez eux avant que n'éclate l'orage. Et puis je me mêle rarement à la foule. D'habitude, lorsque je sens son souffle haletant dans mon dos, je m'éloigne aussitôt. Tu le sais, j'ai toujours craint l'osmose engloutissante.

Certains m'ont confié avoir été la proie d'un regard très longtemps après une rupture. Pour d'autres, il peut s'agir d'une expression qui se dessine soudainement sur un visage, d'un geste familier ou même de paroles que l'on entend d'abord distraitement, mais qui évoquent aussitôt des bribes de conversation dont on ne sait plus si on les a entendues en rêve ou réellement échangées avec l'autre. Moi c'est ton odeur que je ne pourrai jamais oublier.

Enroulé à mon cou, le foulard que tu m'avais
offert m'a fait croire à une coïncidence mnémonique.
Mais tant de persistance ne pouvait relever de tels
procédés. Non, ton passage, ta présence en ces lieux
était presque palpable.
Il m'a soudain semblé que la foule avait grossi.
Cette masse grouillante paraissait s'amplifier à vue
d'œil, ou était-ce ma crainte de m'y enfoncer qui
augmentait ? La nuit allait bientôt tomber et avec elle
disparaîtrait ce magma dont le mouvement rappelait
celui d'une immense pompe. Les battements se fai-
saient maintenant plus saccadés, l'odeur plus envahis-
sante, plus troublante. Je me suis brusquement retourné
en retenant mon souffle, ton odeur était si près,
m'avait presque rejoint — ou peut-être était-ce moi
qui t'avais enfin retrouvée. Mais déjà la foule m'enveloppait, m'entourait de toutes parts. Je faisais partie
intégrante de ce mouvement imperceptible et confus.
J'ai alors crié ton nom, d'abord faiblement puis de
plus en plus fort en même temps que mes mains
fendaient la foule qui nous séparait. Je ne percevais
plus que ton odeur qui ne cessait de s'intensifier à
mesure que j'avançais. Il y avait si longtemps...
Au milieu de la foule, une petite pomme verte,
écrasée, gisait par terre.

Bonjour CQFD

Pour la troisième journée consécutive, Pierre reste étendu tandis que s'échappe interminablement une goutte d'eau de l'un des robinets de la salle de bains. *Ploc, ploc, ploc.* Au début, quand ça lui est arrivé, il lisait beaucoup. Il relisait surtout. Des livres correspondant à des moments clés de sa vie et qu'il s'était toujours promis de relire quand il en aurait le temps. Il a depuis constaté que très peu tiennent le coup. Aussi, certains mois où son chèque tarde à lui parvenir, il lui arrive de vendre quelques livres à la librairie d'occasion où on le connaissait surtout comme acheteur. «De toute façon, je ne les aurais pas relus», se dit-il en faisant signe à Réjean de lui apporter une autre bière tandis que sa voisine de table s'empresse d'inscrire son nom dans les livres qu'elle vient tout juste de se procurer. Pierre ne peut s'empêcher de déchiffrer les titres qui apparaissent à l'envers sur le dos : *L'extase matérielle, L'envers du néant, Le concept de...* mais voilà que la jeune fille lève les yeux vers lui et Pierre n'a pas envie de lier conversation. Pas aujourd'hui.

Cela doit faire plus d'un mois qu'il n'est pas sorti, sinon pour aller acheter de quoi manger, le journal (par habitude) et des cigarettes (quand il en a les moyens). Il lui arrive même de plus en plus souvent de passer des journées entières sans mettre le nez dehors. Il reste alors étendu dans sa chambre, sans bouger, pour réparer ses forces comme lui disait sa mère quand il était malade, enfant. Tout cela lui semble aujourd'hui si lointain, si irréel surtout. Pierre sait seulement qu'il n'a plus envie de se lever et que ses forces ne se réparent plus. Comme l'eau du robinet, elles s'écoulent lentement et il les entend percuter au fond de lui, *ploc, ploc, ploc*.

Pierre fixe le plafond jauni de sa chambre à coucher et il repense à Catherine, à sa visite surprise d'hier soir. Il n'aime plus les visites surprises, mais il a reconnu trop tard ses pas dans l'escalier.

« Tu dormais ?

— Non, entre. Je lisais étendu sur mon lit », lui dit-il en la laissant passer comme pour excuser l'obscurité sans se rendre compte qu'il ne s'échappe de sa chambre qu'une noirceur encore plus opaque. Cela aussi est nouveau pour Pierre : s'excuser en présence de Catherine. S'excuser et mentir.

« Assieds-toi », finit-il par lui dire pour pouvoir en faire autant parce qu'il sent ses jambes le trahir.

Catherine ne laisse rien paraître. Elle dépose un sac de papier brun par terre, retire son imperméable qu'elle plie en deux sur le dos d'une chaise et s'assoit en face de Pierre. Elle lui sourit. Elle ne lui dit pas qu'il a bonne mine, pas plus qu'elle ne lui dit qu'elle le trouve dans un état lamentable.

«Qu'est-ce que tu lisais? lui demande-t-elle sans tenir compte qu'il n'y a aucune lumière dans sa chambre.

— *Le dernier chapitre* de Knut Hamsun, s'empresse de répondre Pierre en faisant mine de chercher ses cigarettes. Tu sais cet écrivain norvégien qui a écrit *Mystères* dont parle si souvent Miller.»

Catherine lui tend une cigarette et le regarde tandis qu'il cherche des allumettes.

«En fait je le relis», lui dit-il en approchant le feu de Catherine pour qu'elle allume sa cigarette.

Pierre laisse lentement la fumée s'échapper en détournant légèrement la tête et, comme pour mieux masquer son mensonge et dissimuler son malaise grandissant, il lui récite subitement ce passage qu'il avait épinglé sur le mur au-dessus de son bureau lorsqu'ils vivaient encore ensemble :

Les hommes grimpent et se traînent de-ci, de-là, parfois de concert, parfois en se battant pour passer les premiers. Il leur arrive aussi de piétiner les cadavres des autres. Comment pourrait-il en être autrement? Ne sommes-nous pas des hommes après tout?

Durant quelques instants, on n'entend plus que les gouttes d'eau qui frappent invariablement contre les parois jaunies du lavabo, *ploc, ploc, ploc*, cependant que leurs regards cherchent désespérément à se rejoindre sans se heurter une fois de plus.

«Tu as un robinet qui fuit», ne peut s'empêcher de dire Catherine qui sent qu'il lui revient de combler ce vide béant entre eux. Pierre écrase sa cigarette

dans le cendrier et se lève. Il se dirige vers la salle
de bains, davantage pour lui tourner le dos parce qu'il
sait bien qu'il n'y peut rien.

« Il faudrait que j'avertisse le propriétaire, lui
lance-t-il de la salle de bains. Mais tu me connais,
j'oublie toujours tout. »

Pierre ouvre et referme le robinet d'eau froide à
deux ou trois reprises en se regardant dans le miroir
suspendu au-dessus du lavabo. Ses traits sont tirés et
sa barbe d'une semaine accentue l'impression de fatigue sur son visage. Il prend deux trois bonnes respirations, le temps d'absorber une fois de plus le trop-
plein des derniers mois, avant d'éteindre la lumière
et de retourner s'asseoir en face de Catherine.

« Heureusement ce n'est pas le robinet d'eau chaude », lui dit-il à la blague pour signifier que le danger
est passé.

Ils parlent ensuite de tout et de rien. Ils essaient
surtout d'éviter d'autre fuite, parce que ni l'un ni
l'autre ne sauraient la colmater. Catherine lui parle
de l'hôpital, des conditions de travail de plus en plus
aberrantes, des postes vacants qu'on ne comble plus,
de la fatigue des dernières semaines, du surcroît de
travail qu'occasionne chaque pleine lune... Pierre acquiesce de temps à autre et se revoit attendre Catherine
à la sortie de l'hôpital à minuit. Il écoute mais ne
trouve rien à répondre, sinon qu'il aimerait aussi lui
faire part des tracasseries quotidiennes d'un travail
rémunéré. Et Catherine ne lui demande pas ce qu'il
fait de ses journées. Vers onze heures, elle se lève.

« Je travaille à minuit », lui dit-elle en soupirant,
pour éviter qu'il ne cherche à la retenir inutilement.

Pierre lui sourit sans rien dire. Il la regarde remettre son imper et revoit se dessiner les contours de son corps, de ses seins qu'il aimait tant. Cela aussi lui semble lointain et irréel. Éprouve-t-elle la même chose? Il ne cherche pas à le savoir, ni Catherine à lui répondre.

«N'oublie pas ton sac, lui dit-il simplement.

— Ah oui, j'allais oublier, lui répond Catherine en baissant les yeux sur la boutonnière de son imper. C'est pour toi.»

Le regard de Pierre se pose tour à tour sur Catherine et sur le sac de papier brun appuyé contre une des pattes de la table. Elle sait pourtant qu'il déteste recevoir des cadeaux, des aumônes déguisées comme il le lui a dit un jour.

«J'ai rctrouvé la radio portative que nous avions achetée à New York, s'empresse d'ajouter Catherine qui appréhende le refus de Pierre. Je ne m'en sers jamais, j'en ai déjà une dans la cuisine et mes parents m'en ont offert une autre pour ma chambre à mon anniversaire. Que veux-tu que je fasse avec une troisième radio?»

Impossible de refuser. Elle le connaît trop bien, depuis le temps! Pierre l'embrasse et lui ouvre la porte en se disant que c'est la première fois qu'il oublie son anniversaire depuis qu'il la connaît. Il tire légèrement le rideau pour la regarder descendre les premières marches et ne le laisse retomber que lorsqu'il n'entend plus ses pas.

En se rendant à l'hôpital ce soir-là, Catherine a l'impression d'être poursuivie par un bruit atrocement régulier, *ploc, ploc, ploc.*

À la septième sonnerie du téléphone, Pierre se décide à se lever, mais son interlocuteur a entre-temps raccroché. Lui aussi abandonne habituellement après le septième coup. Comme tant d'autres gestes qu'il posait quotidiennement sans s'interroger. Des gestes qui lui donnaient l'illusion d'appartenir à un groupe, de faire partie d'une collectivité. Le fait d'acheter le journal avant de se rendre à son travail par exemple. Cela lui permettait d'opérer la démarcation nécessaire, de parler des mêmes choses que ses collègues quand il leur arrivait de se croiser dans les couloirs ou dans les ascenseurs.

La valse des questions sans fin reprend aussitôt : est-ce encore la compagnie d'électricité qui veut me menacer de me plonger dans l'obscurité si je ne paie pas mon compte d'ici quarante-huit heures ? la compagnie de téléphone ? la préposée au retour des chèques émis sans provision ? mon propriétaire pour mes trois mois de retard ? mon assureur parce qu'il ne peut plus m'accorder de délai ? *Vous comprendrez monsieur Richard que nous pouvons difficilement attendre plus longtemps, votre assurance-vie est déchue depuis bientôt trois mois et...* Oui, c'est cela, pense Pierre, mon assurance-vie est *déchue* et je vous emmerde.

Ces derniers temps, il laisse son téléphone le plus souvent débranché. Il ne comprend pas pourquoi l'ancien locataire avait fait ajouter vingt pieds de fil à son appareil ni pourquoi il craint tant de voir arriver un huissier un matin où il ne s'y attendra pas. On ne peut pas le saisir : il ne possède rien, rien d'autre que des livres. Et pour avoir essayé d'en vendre, Pierre sait maintenant qu'ils n'en tireraient pas grand-chose.

Voilà maintenant quatre jours qu'il n'a presque rien mangé, quatre jours à attendre que le facteur dépose une enveloppe brune dans sa boîte aux lettres. Chaque mois c'est la même chose, la même attente pour un chèque qui suffit à peine à payer son pied-à-terre. *Évidemment vous auriez plus si vous étiez marié et si vous aviez des enfants*, lui a-t-on finement répondu au ministère. Il n'a pas osé répliquer, il n'a pas voulu leur donner ce plaisir. Il n'a téléphoné que pour se prouver qu'il avait encore des droits, pour entendre sa voix protester, pour ne pas renoncer. Parce que si son chèque ne lui parvient pas aujourd'hui, il devra attendre encore deux jours, jusqu'à lundi matin.

Par moments il oublie qu'il a faim et il cherche alors à comprendre pourquoi il n'est pas au travail comme tout le monde, pourquoi certaines personnes ont le droit d'exiger qu'on vienne aussitôt réparer leur robinet qui fuit, alors que le sien marque plus impitoyablement qu'une horloge chaque seconde qu'il perd à attendre un chèque qui lui permettra à peine de subsister jusqu'à ce qu'il en reçoive un autre. Depuis quelque temps, Pierre a l'impression de délirer quand il lui arrive de céder à ce demi-sommeil qui s'empare de lui avant le lever du jour. Des bruits de sirène le poursuivent dans la nuit et quand ils se taisent enfin, ce sont à nouveau ces pas dans l'escalier qui se rapprochent de plus en plus, ces pas qu'il cherche désespérément à étouffer parce qu'il sait qu'on vient pour lui, pour l'amener... Un cri, toujours le même, le libère de ses agresseurs et dans la nuit lointaine il devine l'ambulance qui emmène, cette fois encore, quelqu'un d'autre. Lui parvient alors cet autre bruit qui le rassure, *ploc, ploc, ploc.*

À côté du journal, la radio que Catherine a apportée est demeurée muette. Pierre la regarde, ou plutôt son regard se pose sur cette masse noire comme s'il en attendait une réponse. Les chiffres apparaissant sur le cadran dansent devant ses yeux durant quelques instants pour se fondre ensuite à l'enveloppe de cuir recouvrant la radio. Son bras droit se soulève légèrement, comme empreint d'une force magnétique qui le fait se mouvoir avec aisance. Son index revêt soudainement des proportions gigantesques, il envahit rapidement la cuisine tout entière, poursuivant sa lente progression vers la masse noire, noire et inerte. Il sait qu'il va heurter cette masse d'un instant à l'autre, à l'endroit précis où il a aperçu un point rouge, et il ne fait rien pour l'éviter...agement progressif en après-midi avec possibilités de légères chutes de neige se terminant en fin de soirée. Le mercure indique présentement – 1° Celsius, alors habillez-vous chaudement si vous devez sortir ce matin. Nous poursuivons avec la chanson demandée par Sylvie et c'est pour souhaiter bonne fête à Raymond de la part de Sylvie. Nous procéderons à notre premier jeu téléphonique ce matin tout de suite après la chanson demandée par Sylvie.

« Oui ?

— Nous sommes bien chez monsieur Pierre Richard ?

— Oui.

— Mon cher monsieur Richard vous auriez pu vous mériter ce matin la jolie somme de trois mille quatre cent cinquante-quatre dollars en répondant seulement *Bonjour CQFD.* Vous ne connaissez pas notre jeu téléphonique ?

— ...

— Nous remettons chaque jour de la semaine un montant qui s'accumule aux personnes qui nous répondent *Bonjour CQFD*, et le montant s'élevait ce matin à trois mille quatre cent cinquante quatre dollars. Il vous suffisait seulement de répondre *Bonjour CQFD* et de nous dire le montant exact en banque pour vous mériter cette jolie somme monsieur Richard. Que c'est dommage ! Je suis persuadé qu'à l'avenir vous répondrez *Bonjour CQFD*. Vous gagnez néanmoins une paire de billets pour le prochain spectacle de

— clic. »

Ploc, ploc, ploc.

Dans votre tête

J'ai beau essayer de penser à autre chose, feuilleter la première revue qui me tombe sous la main, chercher le regard de la jeune fille assise en face de moi, rien n'y fait : je ne peux m'empêcher de penser à cette horrible histoire d'un homme qui s'est fait dévorer une partie du cerveau par des fourmis. On raconte qu'il se plaignait de violents maux de tête depuis plusieurs mois quand les médecins se sont enfin décidés à le soumettre à des examens plus approfondis. Il avait vu plusieurs spécialistes avant son opération, mais tous lui répétaient invariablement la même chose : c'était dans sa tête.

L'un des spécialistes a par la suite avancé l'hypothèse qu'une femelle avait pu se réfugier dans le creux de l'oreille du patient et pondre ses œufs. Des milliers de larves se seraient alors glissées jusqu'au tympan, qu'elles n'auraient eu aucune difficulté à percer, pour ensuite se frayer un chemin dans le labyrinthe de l'oreille interne. À moins que le patient, selon une seconde hypothèse qui a également retenu l'attention des milieux médicaux, ne se soit lui-même transpercé le tympan à force d'essayer vainement d'extraire ce qu'il sentait remuer au creux de son oreille. Et n'eût été ce bourdonnement, d'abord imperceptible mais qui rapidement s'était amplifié au point de devenir intolérable, il n'aurait probablement jamais consulté de spécialiste. L'un des articles consacrés à ce cas rapporte qu'il aurait même confié à des amis avoir l'impression que des fourmis sillonnaient son oreille gauche. «Bien entendu, raconte l'un d'entre eux, on le plaignait d'avoir de telles migraines que plus rien ne semblait soulager, mais on ne pouvait s'empêcher de se moquer gentiment de lui quand il faisait allusion à des fourmis se promenant dans son oreille. Certains poussaient même la moquerie jusqu'à lui demander s'il ne croyait pas qu'il s'agissait plutôt de mouches qui lui volaient entre les deux oreilles.»

Au début, il les écoutait en s'efforçant de rire avec eux. Très rapidement cependant c'est à peine s'il les entendait se moquer. Il continuait toutefois d'esquisser un sourire empreint d'une douleur visiblement insupportable pour ne pas les effrayer davantage, car il se savait atteint d'une maladie grave si l'on en croit ce même article. Du moins en aurait-il eu la conviction malgré ce que ne cessaient de lui répéter les spécialistes, ou peut-être à cause de cela même. Mais de là à émettre des hypothèses quand les médecins ne se risquaient qu'à parler de «douleurs céphaliques», il préférait se taire.

S'il avait d'abord espéré apprendre à lire sur les lèvres pour dissimuler sa soudaine infirmité, la maladie

— à considérer qu'il s'agisse bien d'une maladie —
avait progressé plus rapidement qu'il n'était parvenu
à s'habituer à sa surdité. Il éprouvait d'ailleurs de
plus en plus de difficulté à se concentrer sur une idée,
ou même à fixer un objet pendant plus de trente
secondes. Des changements s'opéraient en lui, il le
sentait bien, mais il ne parvenait pas à accepter d'ignorer la nature de ces transformations, de devoir se plier
au nouveau rythme que lui imposait son mal sans en
connaître les véritables causes, sans véritablement
avoir de certitude même s'il aurait avoué à une ou
deux reprises se sentir *envahi* par quelque chose d'in-
définissable.

Aussi, quand les spécialistes se sont décidés, après
maintes consultations, à l'opérer pour s'assurer qu'il
s'agissait bien d'une tumeur bénigne, il s'est empressé
d'acquiescer à leur demande écrite pour ne pas paraître
déraisonnable à leurs yeux. Le docteur Béliveau, responsable du bloc opératoire, a par la suite laissé
entendre que le patient devait avoir une force de
caractère exceptionnelle pour avoir enduré durant tout
ce temps (un peu plus de huit mois en tout) cette
inimaginable torture.

Ça va bientôt être mon tour. Il s'agit maintenant
de ne plus quitter la réceptionniste des yeux sinon je
risque fort de ne pas l'entendre quand elle m'appellera
et je serai obligé de prendre un autre rendez-vous.
Qui sait à quelle date cela me reporterait ? Et que
vais-je lui dire à cet autre spécialiste que je n'aie pas
déjà dit aux autres ? Comment lui décrire cette désagréable impression de picotement qui m'empêche de
dormir depuis déjà six mois ? Comment lui expliquer

qu'au début cela ne faisait que me chatouiller dans le creux de l'oreille mais que rapidement cette sensation s'est transformée en bourdonnement, d'abord léger, puis de plus en plus sourd et continu, que j'ai maintenant l'impression d'avoir — et puis non, tout cela n'a aucun sens.

Lundi matin

Debout, une mallette noire portant l'insigne de son ministère à sa droite comme tant d'autres autour de lui, Léon Tremblay attend la rame de métro qui le mènera à son bureau. En d'autres temps, il aurait pu reconnaître des visages qui, à cette heure du jour, reproduisent habituellement la même expression, mais l'ère des reconnaissances tacites est aujourd'hui révolue. Un bruit assourdissant, qui n'est pas sans rappeler à Léon le sifflement incompréhensible dans les cages d'escalier de l'immeuble où il travaille, se fait entendre. Aussitôt, dans un mouvement d'un quasi parfait synchronisme, des dizaines de mallettes noires s'élèvent lentement du sol. De petits groupes se forment le long du quai à égale distance les uns des autres. Le grincement familier des roues fixe les regards sur les portes qui permettent, en s'ouvrant, l'enchaînement du mouvement collectif. Les places libres disparaissent avant même que le signal sonore précédant la fermeture des portes ne se fasse entendre, tandis que s'opère au même moment le transfert des mallettes de la main droite à la main gauche, quelquefois l'inverse, les droites cherchant simultanément à s'agripper à quelque chose. Aujourd'hui Léon Tremblay a de la chance : il a une place assise au bord d'une fenêtre.

La mallette noire posée sur ses genoux, la poignée tournée vers lui de façon à ce qu'il puisse l'ouvrir sans avoir à la déplacer à nouveau durant le trajet, Léon regarde fixement devant lui au moment où le wagon s'ébranle avant de s'engouffrer dans le tunnel noir. Même s'il n'y a rien à voir entre les arrêts, Léon préfère avoir un siège au bord d'une fenêtre. Cela lui permet d'observer les gens discrètement en épiant leur reflet. Mais il arrive, comme aujourd'hui, que quelqu'un d'autre ait la même idée et il doit alors se résigner à faire comme la majorité des autres passagers : se plonger dans un journal ou un livre en essayant de rattacher les lettres les unes aux autres pour en extirper un peu de sens.

Malheureusement pour Léon, sa mallette ne contient aujourd'hui qu'une revue pornographique — qu'il ne tient pas à exhiber à la vue de tous — et un sac en papier brun dans lequel se trouve son repas du midi. Pris de court et voulant à tout prix se soustraire au regard de la jeune femme qui ne le quitte maintenant plus des yeux, Léon n'a d'autre choix que d'attaquer à belles dents un sandwich au jambon.

À l'arrêt suivant, Léon se demande s'il ne devrait pas descendre et attendre le prochain train avant d'être obligé de manger sa pointe de gâteau au chocolat dont il n'a vraiment pas envie pour le moment. Mais avant qu'il n'ait le temps de s'essuyer les mains sur lesquelles de minces filets de moutarde de Dijon se répandent, d'autres mains sont venues s'agripper au poteau métallique de l'allée et le wagon s'élance à nouveau dans le noir. Un regard rapide à la fenêtre lui renvoie un léger sourire. Léon se retourne brusquement et personne ne semble s'étonner de le voir mordre dans un morceau de gâteau au chocolat à huit heures un lundi matin.

Comble de malchance, il a oublié de prendre une serviette de table. En fait ce n'est pas un oubli puisqu'il en garde toujours dans le tiroir de droite de son bureau. Comment aurait-il pu prévoir qu'il en aurait un jour besoin dans le métro? Léon fulmine contre son manque de prévoyance tandis que s'incrustent sur sa chemise blanche les taches de moutarde et de chocolat. Recroquevillé contre la fenêtre, Léon ne pense plus qu'à une chose : un café bien chaud pour l'aider à se remettre.

Une sensation de vive brûlure fait sursauter Léon et son front heurte violemment la fenêtre. Ce n'est qu'en voyant la mallette noire posée sur ses genoux que le déclic se fait dans son esprit. On a bel et bien renversé un café sur lui et une jeune femme, dont il ne peut supporter le regard, se confond en excuses à côté de lui. Tout autour, les gens évitent de les regarder, mais Léon devine leur sourire dans la vitre au moment où le wagon s'ébranle à nouveau.

Un autre

Je n'avais pas remis les pieds dans cette ville depuis notre séparation. Il m'était bien arrivé de la traverser en voiture, mais sans m'y arrêter. Pour la première fois depuis cinq ans, j'étais à même de confronter mes souvenirs à la réalité ; et j'étais étonné, stupéfait même de constater à quel point rien n'avait changé. L'aspect extérieur de la ville avait été passablement modifié (une voie rapide enjambait maintenant le centre-ville de telle sorte qu'il m'arrivait plus souvent de survoler mon passé que de m'y attarder), mais l'essence, le tissu étaient les mêmes.

« Vous avez choisi ? »

Absorbé par ma lettre, je n'ai pas entendu le garçon venir. À peine ai-je entendu sa question, mais en le voyant ainsi planté devant moi, carnet et stylo en main, j'ai commandé une bière et un sandwich au jambon. Davantage pour excuser ma distraction que pour apaiser ma faim. J'avais deux heures à tuer avant de reprendre l'autobus et ce petit café, à deux pas

du terminus, m'était apparu l'endroit tout désigné
pour écrire à L. en attendant le prochain départ.
Je venais de relire ce que j'avais écrit. Je cherchais
à cerner le sentiment que j'éprouvais à me retrouver
seul dans cette ville pour la première fois depuis ma
séparation d'avec L. Je voulais surtout éviter de me
justifier à nouveau à ses yeux et simplement lui dire
ce que je ressentais en ce moment, lui avouer à quel
point elle me manquait parfois. J'allais poursuivre
quand je l'ai aperçue dans le fond du café. En fait je
ne distinguais qu'une silhouette, l'épaule gauche appuyée contre le mur, les jambes croisées et légèrement
fléchies vers l'avant, la main droite relevée à la hauteur de l'oreille. Je ne voyais ni le récepteur ni
l'appareil d'où j'étais, mais son attitude laissait suppo-
ser une conversation téléphonique. Et à son tour cette
silhouette trahissait L., car plus je regardais dans sa
direction, plus j'étais persuadé qu'il s'agissait bien
d'elle.

Elle venait de raccrocher et se dirigeait maintenant
vers moi, enfin vers la table non loin de la mienne
où étaient posés un verre presque vide, un briquet
translucide et un paquet de cigarettes extra-douces (L.
aussi fumait des extra-douces). Je ne pouvais m'empêcher de la regarder, de la suivre des yeux tant sa
ressemblance avec L. était frappante. Et je n'attendais
qu'un signe de sa part pour croire qu'il s'agissait bien
d'une heureuse coïncidence plutôt que d'une étonnante
ressemblance. Il faudrait pour cela, pensais-je en cherchant une façon d'attirer son attention, qu'elle regarde
dans ma direction, qu'à son tour elle m'aperçoive et
s'exclame : « Pierre ! C'est bien toi, Pierre ? Pour

l'amour du ciel veux-tu bien me dire ce que tu fais ici ?»

Le garçon venait de déposer une bière et un sandwich au jambon devant moi. Par habitude, j'ai soulevé la tranche de pain du dessus pour en inspecter le contenu : il n'y avait pas de beurre et j'ai souri. J'ai souri parce que L. n'en mettait jamais dans les sandwichs et cela avait le don de m'exaspérer. J'ai alors eu envie de lui crier : « Tu as vu ? Ils ne mettent pas de beurre dans leurs sandwichs».

Je me demandais à quoi elle pouvait bien penser, les yeux rivés sur son verre. Probablement à la conversation qu'elle venait d'avoir au téléphone et qui semblait l'avoir laissée songeuse, triste même. J'ai pensé à un rendez-vous manqué, à une rupture... Avec qui ? Je constatais subitement à quel point je ne savais plus rien de sa vie. J'étais le seul responsable du silence, de la distance absurde qui nous séparaient puisque je n'avais répondu à aucune de ses lettres. Aujourd'hui je pouvais me l'avouer : j'avais craint, comme je le craignais toujours, de l'aimer encore et d'être incapable de le lui dire.

Elle n'avait pas changé. Rien dans son attitude, sa façon de porter la cigarette à ses lèvres en regardant dans le vide, rien dans sa coiffure, dans son habillement (il me semblait reconnaître la robe qu'elle portait) ne m'était étranger. Cela me rassurait de la désirer à nouveau, comme si cela avait suffi à abolir la distance entre nous, à effacer tout ce qui n'émanait pas de ce désir.

Il me fallait faire vite. L. risquait à tout moment de partir et tout serait alors irrémédiablement perdu.

Je me suis levé et, tranquillement mais sans hésiter, je me suis dirigé vers elle. M'a-t-elle souri en premier ou est-ce moi qui ai souri quand nos regards se sont enfin croisés? Peu importe. J'étais devant L. et j'avais peine à y croire.

«Roger! C'est bien toi, Roger? Pour l'amour du ciel...»

Une dure journée

Enfin! Vous voilà arrivé à la maison. Vous avez bien cru que cette foutue journée ne finirait jamais, que cette emmerdeuse de première classe n'arrêterait pas de téléphoner à propos de tout et de rien pour vous demander où en est rendu le dossier? de quelle façon pensez-vous procéder? peut-on espérer respecter les délais convenus? Vous savez c'est *très* important que je sache *tout de suite* s'il y aura ou non des retards. Est-ce que vous croyez que? Oui? Pourquoi? Non? Pourquoi? Quand? Où? Comment? Impossible de ne pas lui faire sentir à quel point elle vous les casse. On ne peut pas poser de questions? vous interrompt-elle d'une voix pointue et sèche. Vous êtes obligé de fermer les yeux et de prendre une grande respiration pour ne pas lui hurler à votre tour *merde!* avant de lui raccrocher au nez. Mais oui, vous pouvez poser toutes les questions que vous désirez, lui répondez-vous le plus calmement du monde, presque suavement, je me ferai même un *plaisir* d'y répondre, mais pour l'instant je dois vous laisser, on me demande sur une autre ligne, quelqu'un vient d'entrer dans mon bureau, j'ai une réunion qui commence, qui est déjà commencée...

Tout cela est maintenant derrière vous, vous avez fermé la porte, laissé vos problèmes au bureau (que ne donneriez-vous pas pour que cela soit vrai). Un bon scotch et plus rien n'y paraîtra. *Another day another dollar*, vous dites-vous à haute voix en repensant à ce premier patron, un immigrant portugais qui rêvait de faire fortune à Toronto et qui y est probablement parvenu, *une autre journée une autre douleur*, lui répondiez-vous sur le même ton en lui souriant.

Évidemment il n'y a que des comptes et des dépliants publicitaires dans la boîte aux lettres. Après une pareille journée c'est consolant d'apprendre que le sac de dix kilos de pommes de terre est moins cher chez Steinberg que chez Provigo, les chaises de parterre se vendent un dollar de moins chez Canadian Tire cette semaine, les meilleurs prix sont chez Zellers, et seul vous saurez que vous avez payé si peu, le gros poulet surgelé est en spécial, vous pouvez épargner jusqu'à quarante-deux pour cent, oui vous avez bien lu quarante-deux pour cent, sur le quatre litres de peinture Crown Diamond d'ici vendredi, les espadrilles en toile de coton sont enfin disponibles dans le marine, le rouge, le beige, le noir, et, en prime, on vous offre de prendre part à une célébration culinaire d'inspiration italienne à travers vingt-quatre pages de délicieuses aubaines piquantes. Tout ça sans compter l'avalanche d'échantillons qui s'agrippent à la boîte aux lettres selon les fantaisies du facteur ou des distributeurs itinérants. Hier, vous avez trouvé un tube de dentifrice en plongeant la main dans l'ouverture pourtant étroite de la boîte. L'autre jour vous avez eu droit à une nouvelle marque de tampons suspendus à la poignée de la porte tant la boîte était remplie. Avec un peu de chance vous recevrez des condoms d'ici peu. Non mais qu'est-ce qu'ils croient? Qu'en plus d'habiter un bungalow semblable à des dizaines d'autres dans cette rue vous allez vous brosser les dents avec le même dentifrice que Mme Plourde? vous gargariser avec le même rince-bouche que M. Bertrand? vous laver les cheveux avec le même shampooing que votre troisième voisin? boire la même marque de bière parce que vous avez à peu près le même âge? qu'entre voisins il faut se parler? et quoi encore! Jeudi dernier le bureau empestait la lotion après rasage *Old Spice*: devinez pour quelle raison?

Vous ne connaissez rien d'aussi réconfortant après une pareille journée de travail que de rentrer chez vous et de ne trouver dans votre boîte aux lettres que le compte du téléphone (vous croyiez pourtant leur avoir posté un chèque à ceux-là la semaine dernière), le compte d'électricité, le relevé de la dernière livraison d'huile (probablement une erreur puisque vous chauffez à l'électricité depuis plus de six mois maintenant), une enveloppe à l'en-tête de l'Association des anciens de l'Université Laval (vous mettriez votre main au feu qu'ils veulent vous recruter), une autre enveloppe où il n'y a d'inscrit que le mot « Capitation » en lettres gothiques et plein de dépliants publicitaires qui prendront directement le chemin de la poubelle.

Il vous arrive de plus en plus souvent de songer
à décrocher votre boîte aux lettres, enfin ce fourre-tout
en fer forgé noir et rouille que vous n'avez pas le
courage de repeindre. Ou mieux, vous installerez à
l'intérieur un petit brûleur à gaz avec une minuterie
qui le mettra automatiquement en marche à heure fixe.
Ainsi, quand vous rentrerez du travail le soir, il n'y
aura plus que... évidemment il y a ce risque. Tiens,
pour une fois la porte n'est pas verrouillée. Catherine
a dû rentrer plus tôt ce soir.
« C'est toi ? »
Évidemment, qui veut-elle que ce soit ?
Mais si vous étiez Catherine, vous dites-vous en
déposant votre serviette près de l'entrée, vous préfére-
riez que ce soit n'importe qui d'autre aujourd'hui. Et
puis merde, vous avez passé une très mauvaise journée, aussi bien qu'elle le sache tout de suite.
« J'ai oublié de regarder s'il y avait du courrier »,
crie Catherine de la cuisine.
Elle dit ça pour rire ou quoi ? « Il n'y a rien », lui
répondez-vous distraitement puisque des comptes et
des tonnes de dépliants publicitaires ne correspondent
pas à l'idée que vous vous faites du courrier.
« QUOI ? crie à nouveau Catherine de la cuisine.
— IL N'Y A RIEN, lui criez-vous à votre tour
en déposant les comptes à côté du téléphone (il n'est
jamais à la même place celui-là). Seulement des
comptes, ajoutez-vous pour vous-même en bâillant
largement. »
Vous servir un bon scotch et vous écraser dans
un fauteuil, voilà sûrement ce que vous avez de mieux
à faire pendant les trente prochaines minutes sinon

c'est la soirée qui va y passer. Vous vous demandez ce que peut bien fabriquer Catherine dans la cuisine, et cette manie qu'elle a de changer périodiquement la disposition des meubles. Allez savoir où elle a mis le scotch maintenant? Tiens, une carte postale de Paris. C'est bien Catherine ça d'oublier de vous montrer le courrier intéressant.

Bonjour,
Pour vous dire seulement que je vous
aime bien tous les deux.

Et c'est signé Michel. Michel? Et c'est adressé à M. et Mme Paul Boulard. Paul Boulard? Mais... mais «Paul? Es-tu prêt à passer à table? Paul? Paul?»

Et c'est demain dimanche

D'abord avec nonchalance, avec une désinvolture pour ainsi dire préméditée, Pierre dirige son regard vers les fatidiques aiguilles qui lui transpercent les tympans cinq matins sur sept avec une exactitude de bourreau. Aujourd'hui elles indiquent, elles suggèrent plutôt, neuf heures neuf minutes. Et ce qui est encore plus intéressant, c'est que cela n'entraîne aucune précipitation, aucun mécontentement perceptibles. Au contraire, Pierre libère un long bâillement trahissant un assouvissement, une satisfaction profonde.

En même temps que lui parviennent de la cuisine le bruit d'un couteau qu'on pose sur le bord d'une assiette, l'odeur irrésistible — nullement comparable aux autres matins — des toasts et du café, Pierre se demande, sans pour autant s'astreindre à élaborer des plans, ce qu'il fera de sa journée. Il pourrait bien rester au lit encore un peu, question de jouir pleinement du moment présent, mais l'odeur du café se fait de plus en plus insistante, de plus en plus invitante.

Aussi, sa robe de chambre et ses pantoufles enfilées, Pierre dirige lentement ses pas vers la salle de bains. Il tire le rideau et constate à la clarté de la façade de l'immeuble voisin qu'il fait soleil. La journée s'annonce bien, pense Pierre en ouvrant légèrement la fenêtre pour laisser pénétrer l'air frais et vivifiant du samedi matin. Sa vessie soulagée, Pierre s'arrête un instant devant la glace. De nouveau il bâille, inspecte rapidement l'état de ses dents, écarquille les yeux en dirigeant précautionneusement l'index et le pouce de la main droite à la hauteur des paupières où s'amasse invariablement la chassie, salée s'il en croit ce qu'il a lu dernièrement, rabaisse sa main en étirant le plus possible son visage pour vérifier la qualité de son sommeil et l'aspérité de sa barbe puis, d'un geste rapide et répété du revers de la main droite, il se gratte le dessous du menton pour entendre le léger froissement que cela produit tout en se réjouissant à la seule pensée qu'il ne se rasera pas ce matin. Après tout c'est samedi.

En entrant dans la cuisine, Pierre se penche vers Catherine et l'embrasse. Il jette un rapide coup d'œil sur le bout de papier qu'elle tient entre ses mains. Les différentes courses qu'elle projette de faire dans la journée y sont inscrites. Cette habitude l'a toujours étonné, agacé même. Comme si on n'avait pas assez d'être programmé à la semaine longue, lui fait-il souvent remarquer. Enfin, aujourd'hui Catherine sort avec Anne, aussi ne fait-il que le penser.

«Tu as bien dormi?» lui demande Catherine en repliant le bout de papier.

Pour toute réponse, Pierre laisse entendre un léger grognement affirmatif. Il se dirige vers le réfrigérateur, ouvre la porte, en inspecte distraitement le contenu avant d'en sortir une boîte de jus. Il la secoue délicatement pour vérifier s'il en reste suffisamment, s'en verse un verre qu'il avale d'un seul trait avant de remettre la boîte au réfrigérateur. Il rince ensuite son verre à l'eau froide pour éviter que les cristaux d'orange ne sèchent contre les parois, et le dépose dans l'évier.

«En tout cas tu as rêvé, lui dit Catherine en se levant de table. Tu as même parlé une partie de la nuit.»

Par la fenêtre de la cuisine, Pierre regarde la rangée de portes de garages le long desquels les enfants jouent au hockcy l'hiver. Il aperçoit Roch adossé à l'une des portes, les mains dans les poches. Il sourit en repensant à leur première rencontre l'hiver dernier quand, rentrant du travail, il avait trouvé Roch assis sur les marches de derrière. Pierre s'était revu attendant ses parents quand il lui arrivait aussi d'oublier sa clé. Il l'avait alors invité à entrer se réchauffer. Roch avait accepté, mais à aucun moment il n'avait voulu retirer son manteau et Pierre n'avait pas insisté. Le regard de Roch croise maintenant le sien, mais sans l'apercevoir à cause du reflet du soleil dans la vitre.

«La vie est belle!»

Pierre sursaute et se retourne. Dans l'embrasure de la porte, Catherine lui sourit.

«La vie est belle! Ça ne te rappelle rien?»

Non, ça ne lui rappelle rien. Absolument rien.

D'autant qu'il n'a jamais été fort sur les devinettes quand il n'a pas encore avalé son premier café. Le bruit des clés qui s'entrechoquent quand Catherine les retire de son sac lui fait donner sa langue au chat. «C'est pourtant ce que tu as dit quand tu m'as réveillée la nuit dernière. Tu m'as secouée et tu t'es écrié : «La vie est belle!» Je t'ai demandé de répéter, mais tu t'es aussitôt retourné et tu t'es rendormi. Tu ne te rappelles pas?»

Catherine lui demande une dernière fois s'il n'a pas de commissions et l'embrasse en lui disant qu'elle sera de retour pour le souper. Quelques instants plus tard, par la fenêtre du salon, Pierre aperçoit Catherine au volant de la voiture qui tourne le coin de la rue.

Non, il ne se rappelle pas. De toute façon il ne s'en rend jamais compte quand il parle la nuit. Et pour l'instant il ne pense qu'à une chose : il a la journée entière devant lui pour faire ce que bon lui semble.

Le ménage terminé, Pierre s'assoit dans la cuisine et allume une cigarette. Il parcourt les journaux tandis qu'à la radio les émissions du samedi se poursuivent invariablement. L'annonceur donne régulièrement les prévisions météorologiques, parle des différents spectacles à l'affiche, des expositions, des films, des activités sportives, de l'état des routes, des émissions qui suivront, de ce qu'on propose à la télévision, bref il énumère tout ce qu'il est loisible de faire durant la fin de semaine.

Les journaux repliés devant lui, Pierre laisse maintenant la question, jusque-là repoussée, s'articuler : que fera-t-il de son samedi après-midi? Il a bien quelques petites courses à faire, mais ce n'est qu'à ce moment qu'il se rend vraiment compte que Catherine est partie avec la voiture. Il pourrait à la rigueur prendre l'autobus, l'idée manque cependant de conviction. Et puis le samedi il faut s'armer de patience quand on prend l'autobus.

Succède au bulletin de nouvelles de midi le magazine économique. Il reconnaît la voix de l'animateur, mais sans écouter ce qu'il dit. Pierre porte plutôt attention aux cris des enfants qui jouent le long des garages. Il revoit la maison du centre-ville où il a grandi, l'arrière-cour alors si vaste... Pierre se secoue soudainement : il ne va quand même pas passer la journée assis sur cette chaise de cuisine à se remémorer ses souvenirs d'enfance. Il repousse brusquement sa chaise, bâille largement en étirant énergiquement les bras le long de son corps et reste ainsi figé durant quelques secondes : le mouvement qui normalement aurait dû suivre cet enchaînement quasi instinctif ne s'est pas produit.

Heureusement, au même moment, la sonnerie du téléphone retentit dans le couloir. Oubliant aussitôt ce léger dérapage, Pierre court répondre. Non merci, répond-il sèchement pour la centième fois, il n'est pas intéressé à s'abonner à leur foutu journal. Pierre perçoit alors distinctement des bruits de voix qui proviennent de la cage d'escalier et il se dit qu'il ne serait pas étonnant qu'on frappe à sa porte pour lui poser la même question. L'envie le démange d'ouvrir brusquement et de crier : « Pourriez pas parler plus fort non ? » Mais la porte de l'immeuble se referme bruyamment, ne laissant derrière elle que le silence, et Pierre demeure avec la désagréable impression du geste retenu qui, il le sait, prendra beaucoup plus de temps à se dissiper que des bruits de voix étouffés dans une cage d'escalier.

Un autre bulletin de nouvelles se termine — celui de quinze heures, mais peut-être est-ce celui de seize heures — et Pierre se tient toujours debout devant la fenêtre du salon qui donne sur la rue. Bien qu'il perçoive encore leurs cris, il ne pense plus aux enfants qui jouent dans la cour. Distraitement, il regarde passer les voitures, réservant son attention et son intérêt aux rares piétons qui le tirent — allez comprendre pourquoi — momentanément de sa torpeur. Dès l'instant où ils entrent dans son champ de vision, jusqu'à celui où ils en ressortent, Pierre ne les quitte pas des yeux, comme s'il cherchait à les immortaliser dans sa mémoire. Voudrait-il consciemment établir une communication télépathique avec ces passants qu'il ne s'y prendrait pas différemment. Pas étonnant que toutes sortes d'idées nous traversent l'esprit quand on se promène dans la rue.

L'après-midi tire à sa fin. Faire de la lumière trahirait maintenant sa présence derrière les rideaux, même si les piétons se font de plus en plus rares. Pierre s'habitue progressivement à leur désertion, à la pénombre. Il ne songe plus à s'habiller, ni à quoi que ce soit d'autre. Il se laisse choir dans un fauteuil au moment où la plomberie de l'immeuble entonne doucement son hymne hebdomadaire. Comme tous les samedis, à cette heure du jour où les passants peuvent aussi épier ceux de l'intérieur, la vieille dame qui habite au-dessus se fait couler un bain. Pierre pense à la douche chaude qu'il ira bientôt prendre. Se rasera-t-il? Il improvisera, le moment venu, lorsqu'il se retrouvera à nouveau devant la glace de la salle de bains. Pour l'instant il est bien dans son fauteuil et il n'a plus envie de penser à cette journée inutilement ensoleillée. Ne vaudrait-il pas mieux débrancher le téléphone et éteindre la radio? Se lever risque par contre de rompre le charme, alors au diable le téléphone et la radio, pense Pierre en se laissant lentement glisser dans un état d'engourdissement agréable. Dehors le vent souffle par rafales tandis que les images de la journée se succèdent au même rythme que sa respiration, lente et régulière. Par moments il décèle l'absence de mouvement, mais il se sent aussitôt entraîné, bercé par cette autre cadence qui reprend. Du sac qu'il a posé sur ses genoux s'échappe une odeur de café fraîchement moulu et il lui est de plus en plus difficile de ne pas s'abandonner à la lourde chaleur qui monte du plancher. Il sait qu'il ne devrait pas rester ainsi les yeux fermés, qu'il risque à nouveau de s'endormir et il manquera une fois de plus son arrêt. Mais il se dit qu'il gardera sa conscience en éveil, à chaque arrêt il entrouvrira les yeux pour suivre le parcours. D'ailleurs le bruit du moteur qui décélère l'avertit déjà du prochain arrêt. Pierre entrouvre les yeux pour se prouver qu'il a suffisamment de volonté et constate qu'il fait aussi noir qu'en pleine nuit. Il ne comprend pas tout de suite ce qu'il fait étendu dans ce fauteuil quand de la rue lui parvient le bruit d'un autobus qui s'éloigne. Pierre se lève précipitamment, cherche maladroitement l'interrupteur de la lampe à côté de lui et appelle :

« Catherine ? Tu es là, Catherine ? »

Pour toute réponse, Pierre entend sonner l'horloge de la vieille dame du dessus : cinq, six, sept, huit, neuf. Neuf coups. Cela est impossible se dit Pierre, Catherine serait rentrée, elle lui aurait répondu. Il se dirige vers la cuisine avec un désagréable sentiment de vide autour de lui. Il appuie sur l'interrupteur mural, coupe le contact de la radio qui retransmet une partie de hockey quand ses yeux se posent sur une note laissée sur la table :

Suis partie au cinéma avec Anne. T'embrasse.

Catherine

P.S. : La vie est belle !

III

L'air libre

Pourquoi a-t-il épinglé ces deux mots au-dessus de sa table de travail? Faut-il y voir un sens secret? Un message codé? À moins qu'il ne s'agisse d'une devise, d'un mot d'ordre. Une sorte de pensée qui doit sans cesse le ramener à l'essentiel, l'empêcher d'oublier ce qui, sans ce rappel épinglé à hauteur du regard, sombrerait comme le reste dans l'oubli.

Vous aurez sans doute remarqué qu'en transcrivant ces deux mots, il a eu soin qu'aucune lettre ne se touche, sans pour autant altérer la lisibilité du message. Il ne s'agit pas, soyez-en assurés, d'une simple coïncidence. Il faut d'emblée éliminer toute notion d'imprévu ou de hasard avec ces gens. Ils utilisent leur cerveau comme d'autres se servent d'une arme, il ne faut rien prendre à la légère avec eux. Observez l'espacement entre chacune des lettres, comme si la coupure grammaticale initiale s'était répercutée sur toutes les lettres, entraînant dans sa suite un espacement minimum dicté par la main, elle-même répondant à un ordre d'une instance autre. Il s'agit sûrement d'un code.

L'air libre, que peuvent donc receler ces deux mots en apparence inoffensifs? *L'air libre...* libre comme l'air... Et s'il ne s'agissait que de cela. Il ne faut pas écarter l'hypothèse qu'il ait simplifié le message dans le but explicite de nous induire en erreur, de nous lancer sur de fausses pistes. On ne transcrit pas ainsi sans raison des mots aussi chargés de sens, aussi explosifs.

Ou bien il s'agit d'un acte d'une inconscience inqualifiable ou bien se trouve transcrit devant nous l'un des messages les plus subversifs qui soient. Quant à moi, et je m'y connais, je penche plutôt pour la seconde hypothèse. Je crains qu'il ne nous faille intervenir avant qu'il ne soit trop tard. Nous sommes en présence d'un agitateur aguerri, il aura cru nous berner en masquant par l'élision son message subversif, mais il avait compté sans notre vigilance, messieurs. Heureusement nous sommes là pour veiller au respect et au maintien des lois de ce pays. Sans quoi, où irions-nous? où irions-nous messieurs? je vous le demande.

Plaudite, cives!

Un ciel couleur chair, sans un seul nuage apparent... Aube ou crépuscule ? Cela n'a plus aucune importance. À la lisière de la forêt, une énorme boule de feu est suspendue à quelques mètres du sol. Des arbres s'avancent vers cette sphère flamboyante, l'un d'eux y touche presque et Peter craint qu'il ne s'enflamme aussitôt. Il les compte : un, deux, trois, quatre, cinq, six feuillus se dégagent de l'ensemble, saillent de cette muraille ligneuse derrière laquelle il lui plaît d'imaginer une ville endormie. Peter ne parvient pas à identifier l'espèce et cela l'attriste. Il détourne légèrement les yeux de la fenêtre, et à nouveau il compte : un, deux, trois, quatre... le dix-huitième jour du mois de mai est encerclé en rouge sur la page de son calendrier. L'instinctive opération mathématique qui s'ensuit lui confirme son âge : trente-deux ans.

Peter n'a pas fermé l'œil de la nuit. Les premiers rayons du soleil le trouvent étendu dans son lit, les bras croisés derrière la tête. S'il hésitait encore quelques heures plus tôt, ses derniers doutes se dissipent avec le lever du jour. Il est maintenant convaincu que le geste qu'il posera en est un de légitime défense. Avant longtemps il sera trop tard — sur cela tout le monde s'entend —, sans compter les risques grandissants d'un accident.

La journée s'annonce splendide et Peter espère que les choses se dérouleront comme prévu. Dans moins d'une heure, le village olympique reprendra vie et le bruit des pas des gardes armés veillant à leur sécurité se mêlera à nouveau aux conversations et aux rires qui fuseront de partout. Peter repense aux derniers mois, aux événements qui l'ont amené à se porter candidat pour représenter son pays aux compétitions internationales de bilboquet pour le désarmement nucléaire. Aujourd'hui, s'il remporte la médaille d'or (il n'est pas venu d'aussi loin pour autre chose), sa victoire, son éclatante victoire permettra à son pays d'être le dernier à opérer le désarmement nucléaire. Sa photo sera publiée en première page de tous les journaux. PETER PETROVITCH LE HÉROS DU JOUR titreront les plus grands quotidiens du pays. Des pages entières lui seront consacrées où titres et photos rivaliseront pour souligner son courage, sa persévérance, sa détermination à toute épreuve. Les journalistes retraceront ses débuts timides mais combien prometteurs, souligneront les moments marquants de sa carrière, rappelleront ses victoires importantes : vingt-cinquième au championnat du monde junior de Stromsund en 1975 ; quatrième au combiné (main droite, main gauche) au championnat du monde junior de Madona di Campiglio en 1976 ; dix-huitième au

championnat du monde toutes catégories de Heeren-
veen en 1977 ; deuxième à la main droite, septième
à la main gauche et treizième au combiné aux Jeux
olympiques de Lake Placid en 1980 ; et enfin, premier
à la main droite, premier à la main gauche et troisième
au combiné aux Jeux olympiques de Sarajevo. La
victoire tant attendue, tant méritée après toutes ces
années d'efforts, de sacrifices et de ténacité. L'apo-
théose après tant d'abnégation.

Un autre journaliste consacrera une demi-page à
divulguer le mystère du jour : « Mais qui est Peter
Petrovitch ? Quatrième fils d'une famille ouvrière, Peter Petrovitch a fréquenté l'école élémentaire de Boris-
sovo durant trois années et l'école Ivan-Zakharov trois
autres années avant d'être accepté à l'Académie des
sciences. » Dans le même article, le père Khirine,
préfet de l'Académie, aura quelques bons mots à
l'endroit de Peter : « Il a toujours été égal à lui-même.
Peter excelle aujourd'hui comme il excellait jadis à
l'Académie. C'était un élève assidu, tenace et disci-
pliné. Ses professeurs n'avaient pas besoin d'être exi-
geants avec lui, il l'était déjà suffisamment avec lui-
même. Certains le jugeaient timide, mais moi je savais
qu'il s'agissait plutôt de discrétion. Oui, j'étais alors
persuadé que Peter réaliserait de grandes choses et
qu'il ferait honneur à l'Académie des sciences. »

Étendu sur son lit, Peter sait aussi qu'on ne lui
pardonnera jamais s'il échoue. Mais depuis longtemps
il a cessé de penser en termes d'échec ou de victoire.
Il allonge les bras et ne perçoit aucun tremblement.
Le reste n'a plus aucune importance. Son voisin de
droite vient d'actionner la chasse d'eau et il se dit

qu'il est temps qu'il fasse sa toilette. Comme cela se produit souvent, il voit les dernières images d'un rêve qui le poursuit depuis plusieurs mois se presser sur la surface du miroir. C'est à nouveau la guerre et, comme beaucoup d'autres, Peter a été appelé au front. Il loge dans une sorte d'abri aux multiples corridors labyrinthiques qui semblent ainsi assurer leur protection. À l'extérieur, les combats font rage, des combats de position n'impliquant pour le moment que des petits groupes dans chaque clan. La mort lui sile aux oreilles et il craint à tout moment d'être déchiqueté par un obus. Il cherche un moyen de se soustraire à cette tuerie aussi inutile qu'absurde qui se déroule en plein cœur d'une ville et il ne pense plus qu'à une seule chose : s'évader.

Une fois rasé, Peter demeure quelques instants immobile devant la glace. Il scrute son reflet, l'expression impassible qu'il s'est forgée avec les années. Il s'avance ensuite légèrement vers le miroir, souffle et, à l'aide de son index, il trace : BONNE FÊTE PETER.

L'odeur du café qui l'enveloppe à l'entrée de la cafétéria le réconforte quelque peu. Quelques têtes se tournent vers lui et le saluent tandis qu'il se dirige vers une table libre près d'une fenêtre. Le ciel a retrouvé sa couleur quotidienne. Derrière lui, quatre soldats discutent des résultats du match de hockey de la veille. Peter les écoute distraitement en avalant son déjeuner. Il lui faut se discipliner jusqu'au bout et malgré l'irrésistible envie de prendre un autre café, il se lève et quitte la cafétéria au moment où une voix métallique annonce : « La finale de bilboquet débutera à onze heures précises. Les participants sont priés de se rendre à l'amphithéâtre A-12rc pour dix heures. Merci.» Le message est répété dans plusieurs langues. Peter a regagné sa chambre maintenant inondée par la lumière du jour. Assis au pied de son lit, il regarde une dernière fois le paysage qui s'offre à lui. La lumière s'infiltre aussi à travers les feuillus et il devine la présence d'arbustes qui assureront le maintien de l'espèce. Une fois de plus, il regrette de ne pas en connaître le nom. Dans la ville qui s'étend au-delà, il sait que des gens se tuent nuit et jour. Il sait aussi l'inutilité de chercher un refuge. Alors il allonge les bras et fait une dernière fois ses exercices respiratoires.

La voix métallique de tout à l'heure vient de prononcer son nom. L'amphithéâtre est bondé, il y a même des gens debout en arrière. Peter se lève et se dirige lentement vers l'avant. Il ne sent plus ses jambes le porter, mais il avance vers l'estrade et c'est cela qui compte. L'une après l'autre, les marches qu'il doit gravir ne sont plus qu'une entité abstraite. Contrôler sa respiration, Peter ne pense qu'à cela. Égaliser l'inspiration et l'expiration, ne donner prise à rien d'autre dans son esprit. Peter n'est plus qu'un athlète, n'est plus que respiration, inspiration... expiration... inspiration...

De l'estrade, Peter aperçoit les membres du Parti qui occupent les premières rangées. Le Premier ministre lui a même fait un signe de tête, probablement pour l'encourager. À moins que ce ne soit la nervosité. Puis, peu à peu, l'amphithéâtre se dissout, s'écoule lentement vers le fond en emportant tout : bancs, rangées, visages... Surtout ne pas laisser le cœur s'emballer, inspirer, expirer, inspirer, expirer... Peter déroule précautionneusement la boule qui miroite à cause des nombreux réflecteurs de télévision braqués sur lui. Il lève une dernière fois les yeux vers la salle et croit apercevoir la sphère flamboyante qu'il admirait de la fenêtre de sa chambre au lever du jour. Il sait que tous les regards sont maintenant rivés sur la boule étincelante qui répond aussitôt au geste de sa main. La boule s'élève lentement, très lentement dans les airs, s'immobilise un court instant dans le vide avant d'amorcer son éclatante descente juste au-dessus du bâton pointu, solidement maintenu dans la main droite de Peter, dont la pointe disparaît dans l'ouverture et libère aussitôt la charge de nitroglycérine que Peter avait soigneusement dissimulée.

Tout est toujours pareil

Tu vois, plus rien ne se transforme comme auparavant quand il suffisait, d'un simple regard, d'une façon discrète, imperceptible, de voir les choses autrement. Une question de point de vue, d'angle, pour le plaisir et non parce que ça faisait bien de dire non, moi ce n'est pas comme ça, il faisait soleil ce jour-là, les rues étaient bondées ou désertes, quelle importance, quelle différence cela faisait-il au bout du compte? Alors que maintenant, quand je regarde les gens dans la rue, je ne vois que des hommes, des femmes et des enfants qui vont et viennent. J'ai l'impression que ce sont les mêmes que j'ai aperçus hier, que j'apercevrai demain. Les visages, les démarches, les attitudes, tout se confond, et je ne sais plus quel jour nous sommes ni qui je suis vraiment (eux le savent-ils?). Comme eux je vais et je viens, tantôt dans un sens, tantôt dans l'autre. Je participe au mouvement lent, continu de la foule, jour après jour, sans jamais éprouver de sentiment d'appartenance. Je me dis parfois que je vais prendre le train, le premier qui partira, pour aller voir comment c'est ailleurs. Peut-être est-ce différent. Déjà dans le train, il y aura un autre rythme, les arbres défileront de chaque côté et moi, immobile, arrêté. Mais à chaque fois que je me dirige vers la gare, je suis pris de vertige. J'entre alors dans un café, le temps de me ressaisir, de boire un grand verre d'eau avec un café, parfois un alcool, et quand je ressors je ne sais plus où aller ni ce que je fais au milieu de la foule. Prendre un train me semble alors absurde. Je regarde les gens et je les envie de savoir où ils vont, qui ils sont. Je voudrais parfois les arrêter, leur parler un moment, leur demander quel but ils poursuivent jour après jour, mais je ne le fais jamais. Quelque chose m'en empêche. J'ai l'impression que si j'aborde quelqu'un, si je lui parle, je vais rompre un équilibre, tout va s'arrêter. Alors j'essaie à nouveau de me fondre à la foule, d'en adopter le rythme, le mouvement. Je marche ainsi jusqu'à mon bureau où je salue un premier collègue, un deuxième, un troisième. Nous nous groupons devant les ascenseurs, en silence nous attendons l'ouverture des portes avant de nous y engouffrer en ordre, l'un après l'autre. Et puis c'est l'ascension vers les étages supérieurs où nous attend une autre journée de travail. La journée se déroule normalement, comme hier, comme demain. À la fin de l'après-midi, nous nous retrouvons devant les ascenseurs et nous redescendons. À nouveau je salue un troisième, un deuxième, un premier collègue et je sors en regardant les portes de l'ascenseur se refermer. Je laisse devant moi le bureau. J'atteins de cette façon la rue et ne vois plus les gens que de dos, mais au lieu de les suivre je m'en éloigne. Curieusement je ne heurte personne, les gens s'écartant à mon passage, mais je dois faire attention lorsque j'arrive à une intersection. Je dois attendre que les gens qui vont en sens inverse commencent à traverser la rue avant de m'y engager à mon tour. Le jeu des regards s'en trouve modifié et j'ai l'impression d'être le seul à apprécier cette légère altération. Je me lasse toutefois rapidement de ce jeu, je tourne les talons et repars dans le même sens que tout le monde en me disant que tout est toujours pareil.

Compte à rebours

Six heures quarante-quatre. Dans moins d'une minute la radio réveille-matin se mettra en marche, un nouveau compte à rebours commencera. Instinctivement ou machinalement, il se retournera du côté gauche et apercevra les chiffres lumineux qui ponctuent ses réveils, cadencent ses journées, chronomètrent ses temps de repos, calculent la durée de ses nuits ; les mêmes chiffres auxquels il se raccroche parfois les nuits où il n'y a rien d'autre, où de les voir basculer les uns après les autres suffit à assurer une continuité.

La musique emplira à nouveau la chambre. Une musique sans commencement, mais d'une durée rigoureusement égale. Elle lui parviendra d'abord sans qu'il sache d'où ni comment (ce genre de manifestation survient si fréquemment dans ses rêves), l'enveloppera et le fera doucement vaciller entre l'éveil et l'état de torpeur qui le précède. Ce n'est que plus tard, beaucoup plus tard lui semble-t-il chaque fois, qu'apparaissent les chiffres lumineux, rouges comme certains réveils. Il sait alors qu'une autre journée commence.

Il lui arrive aussi, comme en ce moment, d'être à l'affût du jour à venir, de traquer l'instant où le silence devient musique. Il cherche à deviner quelle mélodie jaillira du silence : sera-ce à nouveau Carl Philipp Emanuel Bach, que l'animatrice du matin affectionne particulièrement ? Il se plaît à essayer de devancer la mécanique du temps, à s'immiscer dans les rouages du quotidien. Il sait que ces réveils diffèrent des autres, ne serait-ce que par la rupture temporelle. Et aujourd'hui il y a ce rendez-vous.

De l'autoroute il aperçoit la clinique, mais il ne sait comment s'y rendre. Il lui faudrait traverser la voie rapide, repérer une sortie qui l'y conduirait, mais déjà la clinique redevient lointaine dans son rétroviseur. Il songe un instant à faire marche arrière, à laisser sa voiture en bordure de l'autoroute et enjamber le parapet, marcher jusqu'à l'entrée principale. Il y serait déjà.

Huit heures cinquante-quatre. Son rendez-vous est à neuf heures (il ignore encore que tous les rendez-vous de la matinée ont été fixés à neuf heures) et il a horreur d'être en retard. À deux reprises il doit demander où se trouve le local B-153 : au fond à droite, lui répond-on une première fois, puis au fond à gauche. Dans les deux cas par contre on lui dit qu'il doit prendre l'ascenseur. Il ne lui reste qu'à le trouver.

Il longe une suite de corridors où s'alignent bureaux et salles médicales. La plupart des gens qu'il croise sont soit en fauteuil roulant, soit appuyés sur des béquilles. Ils le regardent avec curiosité et à tout moment il a l'impression qu'il va trébucher sur un bras ou une jambe. Il se dépêche et entend ses pas résonner sur le plancher de faux marbre. Au bout d'un corridor, il aperçoit un homme à qui il manque une jambe. L'homme est accompagné d'une jeune femme (sa fille?) et il les voit disparaître, s'enfoncer dans le mur. Il presse davantage le pas, court presque, mais il ne parvient pas à les rejoindre avant que les portes de l'ascenseur ne se soient refermées. Un étage plus bas, il se retrouve face à face avec la jeune femme (elle lui ressemble trop pour ne pas être sa fille) et l'homme à qui il manque une jambe. Accident? Maladie? Il l'ignore et ne cherchera pas à le savoir. Un panneau indique que la clinique orthopédique se trouve à droite. Sans rien laisser paraître (il ressent depuis quelques secondes une vive douleur à la jambe droite), il précède l'homme et sa fille vers le local B-153.

On l'appellera le moment venu. D'ici là, il n'a qu'à attendre. C'est ce que lui a dit la femme en lui remettant sa carte. S'asseoir et attendre dans le corridor où se font face des bancs d'église. En trouver un qui soit libre — et qui le demeure — d'ici à ce que son tour vienne. Un groupe de personnes, en fauteuils roulants ou se déplaçant à l'aide de prothèses, se sont réunies devant le local B-155 et discutent du match de hockey de la veille. Cela lui fait penser — au bureau aussi on doit parler de la victoire du National — qu'il a oublié d'aviser qu'il serait en retard ce matin. L'une des personnes s'esclaffe et malgré lui il repense à cette mauvaise blague d'un cul-de-jatte qui voulait, mais c'est vraiment une mauvaise blague.

En face de l'ascenseur il repère un banc libre et s'empresse de s'y rendre. Quelqu'un crie quelque chose à propos d'un joueur, mais il ne parvient pas à comprendre à cause du bruit que fait l'ascenseur en s'arrêtant. Les portes s'entrouvrent et il voit surgir un homme dans un fauteuil roulant. L'homme, sensiblement du même âge que lui mais avec la corpulence d'un joueur de hockey, tient une prothèse entre ce qui lui reste de jambes. Il regarde droit devant lui et s'arrête devant le B-151 sans détourner les yeux une seule fois. On l'appellera sans doute le moment venu.

Heureusement il a pensé à acheter le journal et, une fois assis, il s'empresse de le déplier et de le dresser entre lui et le monde ambiant. L'Iran jure de se venger, Moscou remet en cause le sommet de Washington, le programme de relance économique du Québec ne passera pas inaperçu, depuis un moment il perçoit un bruit qui lui rappelle un rasoir électrique, un bruit qui s'amplifie et qui l'empêche de ne plus penser à ce corridor d'hôpital, des macarons madame? du bon sucre à la crème fait par les petites Sœurs Grises? du chocolat des Oblats? il redouble d'efforts pour se concentrer sur les gros titres, c'est pour venir en aide aux 460 000 étudiants privés de cours hier, il a horreur d'être sollicité de cette façon, de se sentir obligé d'acheter, pour faire taire sa conscience, parce qu'il a encore ses deux jambes, ses deux bras, ses deux yeux, merci mon Dieu mais pour combien de temps encore? La construction de la phase II des condos du Sanctuaire du Mont-Royal a débuté, la voilà qui se rapproche, surtout ne pas décrocher son regard de la page du journal, lire n'importe quoi, les titres,

les annonces, déjà certains modèles ne sont plus of-
ferts, oui, c'est du vrai sucre à la crème, très bon le
chocolat, n'attendez pas qu'il soit trop tard, trois
piastres pour une demi-livre, cette fois prenez une
décision immédiatement, deux piastres le chocolat. Il
la sent qui se rapproche et il tourne les pages de son
journal pour faire à son tour du bruit, pour ne plus
entendre celui que fait le fauteuil roulant à mesure
qu'elle se déplace, pour ne plus entendre sa voix
offrir du chocolat fait par les Oblats et du sucre à la
crème des petites Sœurs Grises, ne plus l'entendre
solliciter les gens qui l'entourent et attendent comme
lui de voir un médecin, Gaz Métropolitain double ses
profits, les augmentations de salaire les plus faibles
depuis dix ans, du chocolat, monsieur? Non, elle ne
s'adresse pas à lui mais à l'homme à qui il manque
une jambe et qui refuse gentiment, Reiser meurt à
Paris d'un cancer à l'âge de quarante-deux ans, Gros
Dégueulasse n'est plus, peut-être préférez-vous du
sucre à la crème, du chocolat des Oblats, quarante-
deux ans c'est jeune pour crever, il doit maintenant
réprimer des haut-le-cœur et le bruit de multiples
rasoirs électriques retentit dans tous les corridors, des
orthèses et des prothèses jaillissent derrière des portes
battantes, l'homme à qui il manque une jambe vient
vers lui en sautillant sur sa jambe gauche, jamais
auparavant je n'avais eu mal aux jambes docteur,
mais c'est à peine s'il l'écoute, s'il le regarde, marchez
un peu plus vite s'il vous plaît, les bras le long du
corps, gardez la tête haute, marchez naturellement,
le patient nous dit ressentir des douleurs, une déviation
en varus des deux tibias, saillie du scaphoïde, pas de

traitement particulier, revenez me voir dans deux mois nous verrons s'il y a eu changement, nous poursuivons la première heure de notre émission avec une cantate de Carl Philipp Emanuel Bach écrite peu de temps avant sa mort, machinalement il se retourne du côté gauche, un cinq rouge bascule suivi aussitôt d'un six, six heures quarante-six, une autre journée qui commence et aujourd'hui il y a ce rendez-vous à la clinique.

La promesse

Il roule depuis plus d'une heure et maintenant qu'il ne croise plus de voitures qu'à toutes les cinq ou dix minutes, il s'abandonne à ses pensées sans que son attention en soit diminuée. Il se laisse même aller à fredonner les airs que lui renvoie sa radio. Dans quinze minutes il aura rejoint l'autoroute et il ne lui restera alors qu'un peu plus d'une heure avant de retrouver son lit.

La journée qui s'achève le poursuit malgré lui. Tous ces gens, dont il ne connaît pour ainsi dire rien et qu'il lui faut rencontrer chaque mois depuis bientôt un an, lui apparaissent tout à coup irréels. Et pourtant, leurs travaux progressent. À tel point qu'il peut déjà envisager une publication pour l'automne et amorcer une nouvelle étape du projet au début de l'hiver. Pendant combien de temps pourra-t-il encore tenir sans que rien n'y paraisse ? Pendant combien de temps se mentira-t-il avant qu'un geste réfléchi ne lui fasse soudainement perdre le contrôle de sa voiture ? Il se revoit alors à la sortie d'une église entouré d'autres personnes lorsqu'il décélère et amorce un virage qu'il sait dangereux.

À nouveau les phares de sa voiture se perdent dans la nuit et il se retrouve sur la route déserte, aussi seul qu'il pouvait l'être dans cette église dont la seule odeur d'encens suffisait à lui donner la nausée. Il revoit une grande salle demi-sphérique conçue de façon à mieux réunir les gens, à mieux les rassembler, mais il ne conserve de ces moments qu'une impression de pesanteur, de moiteur et d'étouffement que tous associaient à la canicule. Il se souvient (comment pourrait-il l'oublier?) avoir souhaité qu'une rafale de vent s'engouffre dans l'église et éteigne jusqu'au dernier des cierges qui l'aveuglaient de douleur.

La station de radio a cessé de diffuser et il sait qu'il est maintenant plus d'une heure. D'un geste lent, il coupe le contact et abaisse la vitre de sa portière afin de prendre quelques grandes respirations pour chasser l'irrésistible envie de sommeil qui s'empare de lui. La route, qu'il connaît pour ainsi dire par cœur, est maintenant déserte. Il fut un temps où il ne pouvait s'empêcher de penser à d'éventuels extra-terrestres surgissant d'un tournant quand il lui arrivait, comme en ce moment, de rouler seul la nuit. Sans se l'avouer vraiment, cette crainte autant que ce désir ont toujours subsisté quelque part en lui. Jusqu'à cette autre nuit suffocante où, fou de rage, il avait craint de la voir apparaître à tout moment sur la route. Tantôt elle surgissait d'un fossé, tantôt après un tournant et à chaque fois elle courait vers lui et lui tendait les bras pour qu'il vienne à son secours. La même vision cauchemardesque se répétait invariablement: il l'apercevait trop tard ou, paralysé par la surprise, la peur, il ne parvenait pas à freiner à temps et la heurtait mortellement. Il ne gardait le contrôle de sa voiture que par miracle et, après l'avoir immobilisée le long de la route, il en sortait pour vomir et hurler ensuite son nom dans la nuit. Il revenait sur ses pas, chancelant comme s'il eût été ivre, et craignait à tout instant de faire la macabre découverte qui ne cessait de le poursuivre. Jamais cependant il ne retrouvait le corps. Alors il reprenait sa route vers cette ville qu'à l'intérieur de lui il maudissait. Il roulait dans la nuit, les mains crispées sur le volant, jusqu'à ce qu'elle surgisse à nouveau devant lui et qu'une fois de plus il ne réussisse pas à l'éviter. Cette nuit-là, il a cru devenir fou.

Comme souvent il l'a fait depuis, il se retourne du côté du passager et lui sourit. Ils reprennent alors leur conversation là où ils l'ont laissée la dernière fois. Il lui raconte telle ou telle anecdote sur des gens qu'ils fréquentaient ou qu'ils connaissaient tout simplement. Il arrive aussi, plus rarement toutefois, qu'il parle de lui, de ses journées, des gens qu'il côtoie. Il lui avoue parfois sa lassitude, ses déceptions. Jamais cependant il n'a reformulé sa promesse en sa présence ni fait quelque allusion à ce sujet. Bien qu'il sache que cela relève d'une superstition puérile, il craint trop de rompre les liens fragiles qui persistent entre eux. Et déjà il aperçoit les lueurs de la ville qui s'imposent comme les dernières images d'un rêve au réveil.

Supériorité numérique

J'attendais que les derniers étudiants m'aient remis leurs travaux de fin de session pour quitter le collège. Le congé de Noël débutait le mercredi suivant et je m'étais promis de terminer mes corrections pour le mardi. Je ne tenais surtout pas à répéter l'expérience de l'année précédente et passer tout le temps des vacances le nez plongé dans des copies d'étudiants. Aussi, les derniers travaux remis, je me suis empressé d'enfiler mon manteau et de mettre la clé dans la porte de mon bureau avant qu'un étudiant, ou pire un collègue, ne me retienne plus longtemps.

Il neigeait sans arrêt depuis le matin et j'ai d'abord dû déneiger ma voiture avant d'affronter la circulation du vendredi soir. Une fois installé au volant de ma vieille Renault 12, il m'a encore fallu patienter le temps que mon pare-brise soit suffisamment dégivré pour que j'y voie quelque chose. J'ai allumé une cigarette et j'ai entrouvert la vitre de ma portière pour laisser échapper la fumée. À la radio les sempiternels cantiques de Noël se succédaient, mais je ne pensais plus qu'à la plage déserte et à la mer que j'allais bientôt retrouver.

En me redressant pour éteindre ma cigarette, j'ai aperçu, à travers mon pare-brise à demi désembué, mes collègues réunis pour l'invariable dégustation de vins et fromages de fin de session. Ils discutaient entre eux, calmement, posément, avec cette amabilité feinte dans leurs gestes et leurs regards qui peu à peu m'a fait m'éloigner d'eux. Je ne pouvais m'empêcher de repenser à Pierre. Qu'advenait-il de lui depuis qu'il avait démissionné? Je distinguais la silhouette de Catherine au fond de la salle, en retrait. Pierre devait aussi lui manquer, ai-je pensé en passant la marche arrière.

Arrivé chez moi, je me suis versé un scotch et me suis écrasé dans mon fauteuil préféré face à la fenêtre du salon. Je regardais la neige tomber et nous revoyais, Catherine, Pierre et moi quand nous nous retrouvions à *L'absinthe* pour fêter les fins de session comme lorsque nous étions encore étudiants. Mais pour l'instant il me fallait surtout songer à la pile de travaux entassés à côté de mon verre. J'ai vidé mon scotch d'un trait.

Je venais d'attaquer la première copie quand le téléphone a sonné. J'ai d'abord pensé ne pas me lever, mais il se pouvait que ce soit Catherine (elle avait laissé une note sur mon bureau pour me dire qu'elle voulait me voir avant mon départ), et je me suis dépêché d'aller répondre avant qu'elle ne raccroche. Il me semblait de plus en plus important que nous clarifions certaines choses entre nous. À ma grande surprise, c'était Pierre qui m'invitait à venir prendre une bière chez lui. Catherine viendrait nous rejoindre en soirée. Et moi qui le croyais encore en voyage à l'autre bout du monde! Une chose est sûre : j'étais ravi de son invitation qui me soustrayait à mes bonnes mais fastidieuses intentions. J'ai regardé l'heure à ma montre — les aiguilles indiquaient précisément dix-neuf heures — et j'ai dit à Pierre que je serais chez lui dans moins d'une heure. Cela me laissait tout juste le temps de déneiger à nouveau la voiture et de m'y rendre.

Nous ne nous étions pas revus depuis qu'il avait remis sa démission (j'avais en vain tenté de le voir et de l'appeler, mais personne ne savait où il était). Quelques semaines plus tard, j'appris par hasard qu'il était à Paris. Depuis, pas de nouvelle.

Rendu dans le quartier de Pierre, j'ai d'abord hésité avant de m'engager dans le dédale de sens uniques qui caractérise ce secteur. Habitait-il toujours le même immeuble? Il m'aurait sûrement avisé du contraire, aussi j'ai tourné à l'intersection où j'avais l'habitude de le déposer quand il m'arrivait de le raccompagner. Les rues m'étaient familières et en même temps j'avais l'impression de mettre le pied dans ce quartier pour la première fois. Comme les espaces de stationnement sont rares dans ces rues étroites, j'ai garé ma voiture le plus près possible de chez lui et j'ai fait le reste du chemin à pied non sans appréhender ces retrouvailles.

J'ai d'abord dû passer tout droit sans m'en rendre compte (les façades des immeubles se ressemblent à s'y méprendre dans ce quartier), car les numéros inscrits sur les portes me semblaient beaucoup trop élevés. Je ne me souvenais pas du numéro exact, seulement qu'il était facile à retenir, qu'il n'était formé que de deux chiffres dont l'un se répétait. Peut-être n'y avait-il même qu'un seul chiffre qui se répétait. Quelque chose comme 949, ou 494, ou 999, ou 444, à moins que ce ne soit 434. Je suis revenu sur mes pas, repassant deux fois devant ma voiture. J'avais les pieds et les mains gelés et je commençais à fulminer contre mes périodiques trous de mémoire. Je m'étais visiblement trompé de rue. J'ai arpenté les rues avoisinantes. Aucune des portes ne semblait correspondre à la bonne. Je suis revenu devant le 444 de la première rue et j'ai décidé d'en avoir le cœur net : j'ai sonné. Aucune réponse. Bien qu'un doute subsistât dans mon esprit, la porte d'entrée ressemblait trop à celle dont j'avais maintes fois franchi le seuil pour que j'en restasse là. J'ai ouvert la porte — qui donnait sur un vestibule sombre — non sans hésiter une dernière fois. J'ai aussitôt reculé vers la rue en retenant mon souffle : un chat, ou un chien, venait de jaillir de l'obscurité et s'élançait dans la rue.

Il était presque vingt et une heures quand je me suis décidé à entrer dans une petite cordonnerie pour téléphoner. Le propriétaire se préparait à fermer mais, me prenant sans doute pour un client, il a bien voulu me laisser entrer. Manifestement ennuyé par ma demande, il m'a néanmoins désigné du regard le téléphone. J'ai décroché le récepteur mais au moment de composer le numéro, mon index est demeuré suspendu dans le vide : impossible de me rappeler le numéro de Pierre et il n'y avait aucun annuaire en vue. Pour ne pas éveiller davantage les soupçons de l'homme qui me surveillait du coin de l'œil, j'ai composé mon propre numéro. J'ai laissé sonner quelques coups et, me tournant vers l'homme, j'ai raccroché en disant : «Ça ne répond pas.» Je l'ai ensuite remercié et je suis sorti. Un bruit de loquet qu'on s'empresse de tirer m'a aussitôt replongé dans la nuit glaciale de décembre.

De retour à ma voiture je fumais cigarette sur cigarette tout en essayant de me réchauffer. Je ne cessais de jongler avec des chiffres dont deux combinaisons m'obsédaient : 434 ou 444 ? 522-1234 ou 1324 ? 4312 ou 1423 ? 525 ou 522 ? Il ne me restait plus qu'une seule chose à faire : appeler Catherine.

La téléphoniste était formelle : aucune abonnée ne répondait au nom de Catherine B., pas même dans le fichier des abonnés ayant un numéro confidentiel. Même chose pour Pierre. Et je n'ai pas osé donner mon nom quand je les ai aperçus venir vers moi puis s'éloigner aussitôt comme s'il n'y avait personne dans la cabine téléphonique.

Sur la liste

Par habitude il a demandé d'être réveillé à sept heures, on ne sait jamais, ces choses-là se produisent et on ne s'en rend pas toujours compte, mais il regrette, une fois de plus, de s'être fait inscrire sur la liste des gens à réveiller. Il a envie de rappeler la réception, ce ne sera pas nécessaire, la prochaine fois peut-être s'il réussit à trouver le sommeil, il n'est pas interdit d'espérer, mais cette fois non, rien à faire, ni le scotch ni les calmants, parlons-en des calmants, ce placebo blanchâtre qui coûte les yeux de la tête, deux cachets malgré la recommandation de l'ordonnance, le pharmacien, il n'a pas osé, pas encore, en prendre trois mais le scotch pour combattre cet engourdissement qui se refuse à être autre chose que musculaire, ses facultés mentales résistent, en redemandent, le bruit du glaçon qui éclate contre les parois du verre, se mettre dans des états pareils, je devrais dormir depuis longtemps, si au moins je pouvais ouvrir la fenêtre, un peu d'air frais, s'oxygéner, plus que deux cigarettes jusqu'au matin et cette sonnerie de téléphone, cette saloperie de téléphone qui n'en finit plus de lui marteler la tête, son bras gauche se refuse à décrocher, à s'avouer vaincu, et cette voix qu'il déteste, expéditive mais polie, lui dire ce qu'il sait déjà.

Il hait cette ville. Chaque fois, depuis bientôt vingt ans, c'est la même chose. L'avion se pose sur la piste et dès qu'il aperçoit, par le hublot, l'aérogare, il ressent le même malaise. Il a tout essayé, rien n'y fait. Contrairement aux gens qui souffrent d'angoisse à la seule idée de devoir prendre un avion, lui c'est une fois au sol, à la vue de cette aérogare pourtant semblable à des centaines d'autres, qu'il ressent toujours le même serrement opprimer sa poitrine. Il a peine à respirer, multiplie les efforts pour ne rien laisser paraître, mais l'avion se vide, son tour approche et l'impression d'étouffement augmente. À plusieurs reprises il a failli demander à l'une des hôtesses d'actionner le déclencheur des masques à oxygène suspendus au-dessus de sa tête, il lui faut de l'air, vous comprenez, de l'air, vite, j'étouffe, ces appareils ne fonctionnent qu'en vol, il le sait, au sol il n'y a aucun risque. L'hôtesse s'approche maintenant de lui, peut-être l'a-t-elle reconnu, ne l'a-t-il pas déjà implorée de rester dans l'avion? Je ne veux plus descendre, cette ville, vous comprenez cet avion poursuit sa route vers une autre ville, la crainte de le voir braquer sur elle une arme alors que c'est lui qui se sent menacé, et d'autres passagers — mais ne pourrais-je en être? — attendent déjà. L'hôtesse lui sourit. Que lui a-t-elle dit? Il s'empresse de quitter l'avion, d'affronter tous ces sourires qui lui souhaitent un bon séjour, le remercient, mais lui ne pense qu'à une chose, se demande s'il a encore le temps, avant que l'avion ne redécolle, annuler son transfert de bagages, se procurer un billet peu importe la destination, s'il le faut faire suivre ses bagages plus tard, pourvu qu'il puisse repartir. À chaque fois c'est la même chose, il est sûr qu'il va s'évanouir sur la piste ou pire au contrôle des passeports.

Cette fois sa décision est prise : jamais plus il ne reviendra ici. Pour lâche que puisse paraître sa décision, il n'en démordra pas. Il ne comprend d'ailleurs pas pourquoi il a tant tardé. Qu'avait-il à se prouver ? Cette ville n'est pas pour lui, un point c'est tout. Il n'y a aucune honte à cela. Ses rues, son air, ses habitants, peu importe la raison, il n'y reviendra plus.

Ils enverront quelqu'un d'autre, se répète-t-il en bouclant sa valise. Plus que deux heures avant le décollage. Malgré sa nuit d'insomnie, il se sent calme. Dans quelques heures, plus rien n'y paraîtra. Il aura à jamais quitté cette ville et il s'efforcera de l'oublier, de la réduire à néant. Même si elle est l'un des plus importants carrefours aériens, il refusera dorénavant d'y transiter. Il empruntera d'autres routes et, s'il le faut, il mettra une croix sur les endroits qui l'obligeraient à faire halte à cette aérogare. Il refusera même, au risque de paraître étrange, qu'on en mentionne le nom en sa présence. Pour lui, cette ville n'existe plus, elle n'a jamais existé que dans ses cauchemars lorsqu'il devait s'y rendre, descendre à cet hôtel, toujours la même chambre, la 44, et cette sonnerie de téléphone, cette voix qui, expéditive mais polie, il est sept heures, bonne journée monsieur Beaumier.

Le spectacle

Quand nous sommes arrivés, vers dix-neuf heures trente, il y avait déjà beaucoup de monde. Je n'aurais su donner une approximation, mais plus tard j'ai entendu quelqu'un parler de cent mille personnes et je me suis dit que j'achèterais les journaux le lendemain pour connaître leur estimation de la foule.

Nous avons d'abord cherché un coin tranquille où nous pourrions étendre notre couverture. Plusieurs îlots s'étaient déjà formés et, de toute évidence, les meilleurs emplacements étaient occupés. Les premiers spectateurs étaient arrivés depuis longtemps. Ce qui, deux heures plus tard, allait s'avérer des places de premier choix nous apparaissait déjà comme inintéressant. Il nous fallait cependant nous décider et rapidement, chaque moment d'hésitation se traduisait par autant de places qui s'envolaient sous nos yeux. Catherine a alors aperçu un emplacement libre et nous nous sommes aussitôt empressés d'y étendre notre couver-

ture afin de délimiter ce qui allait devenir notre territoire.

Sans faire face à la scène, nous étions néanmoins
bien situés. L'endroit était légèrement en pente et
l'angle d'inclinaison allait nous assurer une vue d'ensemble (cela m'apparaissait comme un pressentiment
favorable quant au déroulement du spectacle).

Plus l'heure du spectacle approchait (il devait en
principe commencer à vingt et une heures), plus les
gens se massaient devant et de chaque côté de la scène
que les faisceaux de lumière découpaient plus nette-
ment à mesure que l'obscurité l'enveloppait. Pierre,
parti acheter des cigarettes, avait même eu quelque
difficulté à nous retrouver dans la foule. À peine
apercevions-nous la rue, pourtant à moins de cent
mètres devant nous. En moins d'une heure, la foule
avait pris une ampleur surprenante.

Partout où nous pouvions poser les yeux, nous
n'apercevions que des têtes, des milliers de têtes. Sur
les toits des maisons avoisinantes, les gens se massaient et se disputaient les meilleures places. Je n'ai
alors pu m'empêcher de penser à l'éventualité d'une
émeute, au désastre que cela provoquerait. Mais j'ai
aussitôt chassé cette pensée, comme si le seul fait
d'évoquer une telle catastrophe allait suffire à la déclencher.

De toutes parts les gens affluaient et ne se sou-
ciaient que d'une chose : trouver un espace libre avant
la noirceur. Nous avions l'impression de devoir défendre notre place contre une horde d'envahisseurs.
Bientôt, plus aucun brin d'herbe n'était visible tant le
moindre centimètre carré demeuré jusque-là inoccupé

Le spectacle

était aussitôt revendiqué par autant de spectateurs re-
cherchant encore une ouverture par où se faufiler.
J'avais les jambes allongées et je n'osais plus les
remuer, et encore moins les déplier, de peur de voir
l'espace provisoirement libéré sitôt envahi.
Plus l'heure avançait, plus cette attente devenait
insupportable. Un mélange de légitimité et de culpabilité prenait forme en moi et je n'aurais alors su dire
lequel des deux sentiments prédominait. Des gens se
levaient et partaient avant même le début du spectacle
et, encore là, je ne pouvais m'empêcher de penser
que quelque chose d'irréparable risquait de se produire
si cela devait durer encore longtemps. Catherine,
Pierre et moi échangions de temps à autre un regard
dans lequel se lisait la même anxiété sourde sans que
nous osions nous l'avouer. Je décelais le même malaise
un peu partout autour de nous. Et tous ces gens qui
ne cessaient d'arriver dans l'espoir insensé de trouver
encore une place.

L'heure prévue pour le début du spectacle était
passée et les gens manifestaient maintenant ouverte-
ment leur impatience. Des jeunes s'entêtaient à circuler
dans la foule pour vendre des cordons phosphorescents
de quinze à vingt centimètres de long qui, enroulés
autour du cou, donnaient l'impression de têtes dé-
tachées de leurs corps flottant joyeusement à moins
d'un mètre du sol. Plus le début du spectacle tardait,
plus je me suis mis à craindre, tant il y avait d'énergie
emmagasinée dans cette foule fébrile, ce qu'il advien-
drait une fois ce moment arrivé. Ou pire, que se
produirait-il s'il devait être annulé? Heureusement, il
y a eu un murmure dans la foule : le spectacle allait

L'air libre*

commencer d'un instant à l'autre. J'ai regardé ma montre, il était près de vingt-deux heures. Aussitôt les gens se sont levés, par grappes me semblait-il, pour se dégourdir les jambes. Nous n'apercevions plus que des milliers de têtes en mouvement qui ne semblaient reliées à aucun corps.

Durant ce temps, les gens qui étaient dans la rue en profitaient pour s'infiltrer dans la foule et ainsi imposer leur présence une fois que tout le monde se rassoirait. Impuissants à contrer cette nouvelle invasion, il nous a semblé, si cela était physiquement possible, que le nombre de personnes avait doublé en moins de cinq minutes. Aucune place n'était préalablement assignée, il fallait s'en tailler une et la défendre au prix de regards volontaires et déterminés, au besoin de coups de coude, voire de genoux. Devant nous s'étaient glissés deux couples qui feignaient d'éviter nos regards tout en cherchant à s'agripper à la place qu'ils avaient réussi à s'approprier. Discrètement, ils se félicitaient de leur incursion tout en veillant à ne rien faire, du moins dans l'immédiat, qui aurait pu nous faire protester vivement. Aussi prenaient-ils garde à ne pas nous heurter, ni avec leurs jambes ni avec leurs bras, tandis que nous nous sentions tout à fait autorisés à le faire d'autant que l'un d'eux était assis sur l'extrémité gauche de *notre* couverture.

Il était vingt-deux heures trente passées et je ne pouvais m'empêcher de me répéter que *tôt ou tard il n'y aurait plus de place*. Il fallait à tout moment se protéger soit les mains, soit les pieds, soit la tête, que d'innombrables jambes chevauchaient parfois avec agilité, mais le plus souvent avec gaucherie. Tous ceux

146

qui étaient assis ont à un moment ou un autre craint d'être piétinés avant même le début du spectacle. J'avais la conviction que le seul fait de me lever et de me mettre à hurler sans aucune raison aurait suffi à déclencher une catastrophe. L'un des spectateurs assis à côté de Pierre a au même moment croisé nos regards et nous a dit quelque chose comme «C'est énervant, n'est-ce pas?» À ces mots, mais davantage à son regard, nous avons tout de suite reconnu un allié si les choses venaient à mal tourner. Nous avons échangé un sourire, façon de sceller le pacte que nous venions de passer.

À nos pieds, les squatters tentaient maintenant de revendiquer des droits acquis, ou ce qui leur semblait tel du seul fait qu'ils occupaient la place depuis plus d'une heure. Je ne bougeais pas pour autant. Il s'agissait après tout de notre espace vital et je jugeais avoir déjà fait suffisamment de concessions. Aussi, même si les jambes me démangeaient et que je mourais d'envie de bouger, je demeurais de pierre, signifiant ainsi mon intention de faire respecter l'intégrité de notre territoire — du moins ce qu'il en restait. Et afin de bien me faire comprendre, je me suis retourné vers Pierre et vers l'homme qui venait de nous manifester son appui et je leur ai dit, assez fort pour que l'on m'entende bien : «En effet, c'est très énervant.»

La foule, scandant le nom du chanteur, manifestait de plus en plus bruyamment son mécontentement. Elle réclamait son dû. Tout ce qui s'appelait promontoire dans un rayon d'un kilomètre était littéralement envahi. J'ai alors aperçu, à moins de dix mètres de nous, un homme dévalant vers la scène et laissant échapper de grands éclats de rire repris en écho par une femme qui tentait de s'immiscer dans la brèche ainsi créée. À les voir ainsi débouler, nul n'aurait cru qu'ils enjambaient mains, jambes et têtes de dizaines de personnes. Aux regards et aux cris des gens, j'ai craint que la catastrophe tant redoutée ne se produise, que l'homme et la femme, visiblement saouls, ne soient sur-le-champ lynchés par la foule s'ils ne mettaient fin à leur jeu aussi stupide que dangereux. Je me préparais même à bondir s'ils approchaient trop près de nous. J'avais atteint mon seuil de tolérance et le moindre incident menaçant l'un de nous trois allait aussitôt me transformer en émeutier potentiel. Et de penser que des centaines, voire des milliers de personnes éprouvaient à cet instant le même sentiment limite d'exaspération, cela m'effraya. Je ne souhaitais plus qu'une chose : que le spectacle commence enfin.

D'un coup, les projecteurs se sont éteints. Dès les premiers accords de guitare, la foule s'est levée dans un seul et même mouvement maladroit pour accueillir le chanteur. Tous applaudissaient en regardant droit devant eux et j'applaudissais aussi en essayant de respecter le rythme ainsi créé tandis que le chanteur saluait la foule en délire. Cris et sifflements fusaient de partout, ponctués par un tonnerre d'applaudissements qui roulait vers l'estrade avec fureur. Sans qu'aucun signal n'ait été donné, nous nous étions tous rassis encore plus nombreux. Tournant le dos au public, le chanteur échangeait quelques mots avec ses musiciens qui accordaient leurs instruments. Je pouvais difficilement étendre ma jambe droite et ma gauche appuyait contre le dos de quelqu'un devant moi. Il aurait maintenant été vain, sinon dangereux, de faire valoir notre droit du seul fait que nous étions arrivés avant eux. Catherine, Pierre et moi étions minoritaires sur notre propre territoire et, sans nous l'avouer, nous craignions de nous en voir expulsés à tout moment. Mais cela ne se ferait pas sans heurt, pensais-je à part moi, tout en cherchant du regard notre allié maintenant isolé, lui aussi, au milieu de la foule.

À plusieurs reprises, je sais m'être retrouvé debout à hurler avec la foule en délire, mais davantage pour éviter d'attirer l'attention sur l'un de nous trois. Et chaque fois que je me rassoyais, je savais que j'occupais de moins en moins d'espace. J'ai cherché à dénombrer combien nous pouvions être sur notre couverture, mais j'ai vite renoncé. Je me suis tourné vers Catherine et Pierre, mais des inconnus avaient pris leur place à mes côtés. Je ne distinguais plus que des milliers de têtes suspendues dans le vide par des cordons phosphorescents dont les lueurs verdâtres me donnaient maintenant des nausées. À un moment j'ai pensé crier (peut-être me réveillerais-je alors dans mon lit et apercevrais-je Catherine endormie à mes côtés), mais le bruit de plus en plus intense m'empêchait même de structurer mes pensées, de convenir d'un plan d'action et d'agir avant qu'il ne soit trop tard. À mon tour je me suis levé — d'autres personnes l'avaient fait avant moi — malgré les protestations qui s'élevaient tout autour de moi et je suis parti à leur recherche.

La prochaine fois

Voilà plus de dix minutes qu'il attend l'ascenseur lorsque enfin les portes s'entrouvrent, déversant vers l'extérieur un courant d'air chaud et humide. Il se revoit attendant ses valises devant un carrousel à l'aéroport de la Nouvelle-Orléans faute d'avoir gagné un pari stupide. Ce jour-là aussi une chaleur lourde et poisseuse l'avait enveloppé aussitôt descendu de l'avion. Il desserra son col de chemise (qu'est-ce qui lui a pris aussi de mettre une cravate?), empoigna ses deux valises et se dirigea vers la première sortie. De l'air avant tout.

Des quatre ou cinq personnes qui l'entourent, aucune ne fait mine de le précéder. Raoul avait raison, la courtoisie est de rigueur à ce ministère. Il se penche légèrement pour prendre son attaché-case et se glisse dans la cabine sans que personne ne lui emboîte le pas. Une fois les portes refermées, il n'aperçoit pas tout de suite les strapontins de la même couleur que le tapis recouvrant tout l'intérieur de la cabine. À vrai dire, il est si absorbé par ses pensées (il lui faut absolument planifier une semaine de vacances à la Nouvelle-Orléans avant d'accepter quoi que ce soit) qu'il oublie d'appuyer sur le chiffre correspondant à l'étage où on l'a convoqué. À quel étage doit-il se présenter au fait? Il plonge la main dans la poche intérieure de son veston où doit en principe se trouver sa convocation.

« Puis-je vous aider? », lui demande une voix féminine derrière lui.

Il hésite d'abord à se retourner (comme s'il appréhendait la suite), mais il est difficile de se soustraire aux rencontres inopportunes dans un ascenseur. Il n'a donc d'autre choix que d'opérer un demi-tour sur lui pour faire face à sa soudaine interlocutrice, à ses interlocuteurs plutôt puisque deux hommes et une femme sont assis sur des strapontins et le dévisagent.

« Assoyez-vous », lui dit poliment mais froidement la femme qui semble être le porte-parole du groupe et, comme l'ascenseur amorce sa montée, le voilà à la même hauteur que les trois autres occupants. Cette femme a de la détermination, se dit-il quand elle relève les yeux — qu'elle a d'un bleu perçant — sur lui. De la détermination et de l'ambition : son tailleur marine en fait également foi.

« Vous êtes bien monsieur Beaumier? Monsieur Jean-Paul Beaumier? »

Cela lui fait toujours drôle de se faire appeler monsieur. Il a alors l'impression qu'on parle de quelqu'un d'autre, de son père ou d'un oncle, ou même d'un pur étranger. Peut-être parce qu'il n'a pas vraiment d'ambition, ou qu'il manque de détermination (cette manie qu'il a de porter du noir). Il acquiesce sans grande conviction tout en retirant sa main de la poche intérieure de son veston. Il se sent subitement coupable, mais il en ignore la raison. Peut-être simplement de ne pas avoir répondu à la première question qu'on lui a posée. Quoique le ton sur lequel elle a dit «Puis-je vous aider?» n'exigeât pas forcément de réponse. Il pouvait s'agir d'une façon d'établir le contact. Sans relever la tête une seule fois, elle décline alors rapidement son âge, sa date de naissance, son numéro d'assurance sociale, son adresse ainsi que son numéro de téléphone. Nul doute possible, il s'agit bien de lui.

«Vous êtes marié?», poursuit son interlocutrice sur un ton qui laisse une fois de plus croire qu'il s'agit d'une constatation et non d'une interrogation. Il éprouve beaucoup de difficulté à se concentrer, peut-être à cause de la chaleur qui ne cesse d'augmenter à mesure que la cabine s'élève. Il repense alors à cette histoire d'un homme qui vomissait des lapins et qui ne savait plus quoi faire pour mettre fin à cette indisposition.

«Vous êtes marié?, redemande la femme en soulignant cette fois le caractère interrogatif de sa question.

— Non, je ne suis pas marié», affirme-t-il aussitôt en s'épongeant le front du revers de la main droite.

La femme le regarde sans comprendre (il est de fait séparé depuis quelques mois mais légalement, et puis merde il ne va quand même pas se mettre à raconter sa vie dans un ascenseur), tandis que les deux hommes ne cessent de prendre des notes en levant de temps à autre les yeux sur lui. Il s'éponge à nouveau le front sans quitter des yeux son interlocutrice (il commence à comprendre) qui ne cesse de croiser et de décroiser ses jambes. Le bruit produit par le froissement de ses bas le fait grincer des dents, et s'il ne craignait de l'indisposer, il lui demanderait de mettre fin à ce manège. Mais de peur de s'attirer les défaveurs du jury, il se contente d'attendre calmement la prochaine question, non sans remarquer que l'homme assis à la droite de la jeune femme admire depuis un moment le galbe parfait de ses jambes tandis que celui assis à sa gauche, donc à sa droite à lui, ne cesse de lui sourire de façon non équivoque depuis le treizième étage.

Suit un marathon de questions auxquelles il s'efforce de répondre le plus naturellement du monde : que pense-t-il de la situation internationale en ce moment ? de l'accord constitutionnel ? du débat sur la peine de mort ? de la dernière grève des transports en commun ? du sida ? de la venue du pape ? de sa dernière déclaration au sujet de l'avortement ? du libre-échange ? du krach ? de la francophonie ? Devra-t-on le *dédouaner* ? (il ne comprend d'abord pas la question et on doit lui expliquer : fait-il ou non partie d'une formation politique ?) À chaque fois, il termine sa réponse par « Vous ne croyez pas ? », voulant d'une part gagner du temps et, d'autre part, éviter de passer pour quelqu'un qui a des idées trop arrêtées. En général cela effraie les gens qui ne souhaitent au fond qu'une chose : émettre leur opinion et croire qu'on pense comme eux.

Durant tout le temps que dure ce sprint de questions-réponses, il ne cesse de s'encourager en pensant au café et aux beignets chauds du *Café de la Place* dans le vieux port de la Nouvelle-Orléans où il se rendra sitôt arrivé. Se sentir libre à nouveau, fuir la situation absurde des derniers mois, échapper à la violence invisible et sournoise qui resserre davantage chaque jour son emprise autour de lui, ne plus savoir quel jour on est, ne plus ressentir de désir sinon la nuit, au creux d'un rêve, pour aussitôt se réveiller en sursaut, coupable de s'être endormi du sommeil du juste, attendre ensuite le lever du jour parce qu'il est inutile de songer à se rendormir, attendre cette autre journée irrémédiablement perdue d'avance, attendre, attendre un téléphone, une lettre jusqu'à ce que la roue se remette à tourner tourner tourner comme les aubes de ce bateau glissant lentement sur le Mississipi et qu'escortent des colonnes de lumière.

« Oui, je veux bien », dit-il à haute voix.

Interdits, les deux hommes et la femme le regardent sans comprendre. L'air est chaud et humide, il n'est pas sur les rives du Mississipi mais dans une cabine d'ascenseur qui ne cesse de s'élever. Il a répondu trop vite. Il a répondu à sa propre question, acquiescé à son propre désir. Il redoutait que cela lui arrive un jour. La fatigue des derniers mois, cela ne peut être qu'une accumulation de fatigue. Deux ou trois bonnes nuits de sommeil et tout rentrera dans l'ordre. Catherine l'avait prévenu, il devrait faire davantage attention à lui.

« Excusez-moi », parvient-il à dire après un moment d'hésitation pour meubler le lourd silence qui vient de s'abattre sur la cabine. « J'ai cru... Enfin j'ai cru que vous m'aviez posé une question. Vous comprenez, la nervosité, la chaleur, le manque d'air », se sent-il obligé d'ajouter pour les rassurer. On a rapporté plusieurs cas d'agression ces derniers mois lors d'entrevues pour l'obtention d'un emploi et il sent, à la façon qu'ils ont maintenant de le regarder, qu'ils craignent le pire. L'un des deux hommes — celui qui ne cessait de lui sourire quelques instants plus tôt — se penche vers la jeune femme et lui chuchote quelque chose à l'oreille. La prochaine question tarde à venir et il sait qu'il n'a pas réussi à dissiper le malaise qui flotte dans l'air raréfié de la cabine. D'énormes gouttes de sueur se forment sous ses aisselles et roulent le long de ses côtes. Il a maintenant de plus en plus hâte que l'entrevue soit terminée. Il n'aura pas l'emploi, il le sait mais il se console en se disant que ce travail n'était pas fait pour lui, il ne doit pas se décourager pour si peu.

L'ascenseur vient enfin de s'immobiliser et il se demande tout à coup s'il doit ou non leur serrer la main avant de sortir, mais il ne désire qu'une chose : se retrouver à l'air libre. Les portes de l'ascenseur s'entrouvrent, le moment est maintenant venu de prendre congé. Le lourd silence qui continue de peser sur la cabine l'incite à croire qu'ils craignent encore quelque réaction émotive de sa part. Il pense alors à tous les autres candidats, ceux rencontrés jusqu'à présent et ceux à venir. Combien éclatent en sanglots quand ils ont la certitude, comme lui en ce moment, qu'ils n'auront pas l'emploi ? Combien se révoltent parmi tous ceux qui posent leur candidature ? Combien se précipitent par la fenêtre qui fait face à l'ascenseur ?

Il n'a toujours pas décidé s'il va ou non leur serrer la main. Même s'il est certain de ne pas obtenir le poste, il se demande à quel rang il se situera cette fois-ci. Cela n'a aucune importance, il le sait bien, mais il aimerait quand même connaître les résultats. Pour ses statistiques personnelles. Il se lève lentement, libérant le strapontin qui s'enfonce aussitôt dans le mur, et entend sa voix, comme reprise en écho, leur dire : « Je crois qu'il ne me reste plus qu'à attendre de vos nouvelles ». Et devant leur mutisme, il ajoute : « Est-ce que je peux espérer avoir une réponse bientôt ? » Manifestement dans un dernier effort de courtoisie, la jeune femme lui répond — il croit noter un léger tremblement dans sa voix — qu'il recevra une réponse d'ici six à huit mois uniquement s'il franchit l'étape de présélection.

« Six à huit mois, ne peut-il s'empêcher de répéter une dernière fois en s'épongeant le front, six à huit mois... » Et comme il ne donne aucune inflexion interrogative à ces derniers mots, la femme et les deux hommes se contentent de le fixer. Tout a été dit. Il les regarde une dernière fois, puis se penche légèrement pour reprendre son attaché-case qui ne renferme qu'une tablette de papier, un stylo-feutre et un vieux journal qu'il traîne il ne sait plus pourquoi. « Tant pis pour le café et les beignets chauds, dit-il en soupirant, ce sera pour la prochaine fois. »

Te voilà

J'étais sûre que tu viendrais, comme tu crois être venu de ton plein gré. Après tout, que tu le croies vaut sûrement mieux. Le contraire t'effraierait. Il suffit de voir — ça crève les yeux — avec quel acharnement tu feins de m'ignorer, avec quelle naïveté tu t'efforces de ne jamais me regarder. Comme si tu ne me connaissais pas, ou plutôt comme si tu ne me reconnaissais pas. Tu aimes accorder de l'importance aux nuances, répéter que la vie est ailleurs (est-ce pour cela que tu te veux inaccessible ?). Mais je t'aurai, aujourd'hui, demain, ou un autre jour. Peu m'importe le moment, tu ne peux pas m'échapper. L'important est que tu continues à croire le contraire.

C'est ça, arrête-toi aux premières tables, repère les visages connus et les tables libres, ensuite seulement tu retireras les mains des poches de ton blouson et tu te décideras. Mais aujourd'hui tu n'as pas le choix : aucun visage connu et une seule table libre, là, en face de moi. Non, il te reste encore un choix :

ressortir et reporter l'échéance, oui, la reporter. Comme tu te crois le plus fort, tu t'assois en face de moi et consens enfin à regarder dans ma direction. Jamais je ne m'étais sentie aussi diaphane, aussi immatérielle. J'aurai à te convaincre du contraire.

Tu fouilles dans tes poches à la recherche de ton paquet de cigarettes (ne le places-tu pourtant pas toujours dans celle de droite?). Tu aimes feindre. Du geste de l'habitué, que tu renforces malgré toi d'un mouvement de lèvres muet, tu fais signe qu'on t'apporte un café. Peu à peu, tu te forges une attitude, te confonds aux gens qui t'entourent, te dérobes à mon regard.

Chaque fois, c'est la même chose : tu fumes deux, trois cigarettes en buvant ton café, tu regardes distraitement autour de toi en m'évitant soigneusement, puis tu te lèves et t'en vas. Mais aujourd'hui c'est différent, tu sens un imperceptible changement s'amorcer. Tes gestes trahissent une hâte inhabituelle que tu t'efforces de masquer en allumant une autre cigarette. J'ai aussitôt ce goût de tabac âcre dans la bouche, comme si j'aspirais à ta place la fumée, mais cela aussi t'échappe. À peine perçois-tu le déroulement de cette rencontre sans cesse reportée.

Le jeu te plaît, t'amuse. Comme tout ce qui peut te soustraire à l'ennui. Tu t'attardes dans l'espoir d'un signe, d'un acquiescement. Tu épies mes moindres mouvements en renforçant en toi l'idée que tu es le plus fort, que je suis la plus faible. Il te faut sentir cette assurance pour rester assis en face de moi. Pour mieux éviter mon regard, tu diriges le tien en direction du comptoir, du garçon que tu appelles Claude pour

affermir ta position, pour bien marquer ta place dans
ce café et tu lui demandes, à voix haute, de t'apporter
un autre café. De tels gestes te permettent de te croire
à l'abri, de t'imaginer invulnérable. Mais voilà, je
me lève et aussitôt Claude s'approche et me parle
tandis que je lui paie mon café en lui souriant. Mon
sourire te blesse, je le sais, comme te heurte mon
départ soudain. Je ne te laisse même pas le temps de
boire ton deuxième café, je t'oblige à prendre une
décision (du moins le crois-tu) que ce deuxième café
devait retarder. Aujourd'hui c'est différent, j'en ai
décidé ainsi.

Tu m'en voudras d'abord de t'avoir regardé sans
détour, sans chercher l'habituel faux-fuyant convenu
entre nous. Tu t'en voudras d'avoir demandé ce
deuxième café et tu t'en voudras encore davantage
de me suivre. Le jeu a aussi ses règles et cela tu ne
l'ignorais pas. Tout au plus t'efforçais-tu d'en modifier
le déroulement, d'en retarder le dénouement.

Je traverse la rue et m'attarde quelques instants
devant la vitrine de la librairie le temps que je t'aperçoive sortir à ton tour du café, hésiter sur le trottoir
(comme si tu pouvais encore te retirer), traverser la
rue et te déplacer d'une couverture de livre à une
autre, suivant en cela mon regard qui glisse de l'une
à l'autre. Tu sais qu'il m'appartient maintenant de
décider du cours des événements puisque tu es là à
m'attendre sans plus chercher à masquer l'inévitable.
Aussi n'offres-tu aucune résistance lorsque je me retourne et que, sans un mot, tu m'emboîtes le pas.

Lorsque la pluie se met à tomber, nous sommes
les seuls à ne pas accélérer le pas, à ne pas ouvrir de

parapluie. Nous arriverons trempés, c'est sûr, et je t'offrirai d'abord de te sécher avant de mettre l'eau à bouillir pour le café. Tu auras tout le loisir d'inspecter les lieux, de retrouver l'usage des mots, ceux que déjà tu cherches à formuler en marchant à mes côtés, tandis que je me changerai. Mais tant que nous marcherons l'un à côté de l'autre dans la rue, tant que je n'aurai pas inséré la clé dans la serrure, nous garderons le silence. Nous garderons le silence tant que nous ne serons pas arrivés. Alors seulement je pourrai me retourner sans craindre que tu ne m'échappes à nouveau, je pourrai te dire de monter et te regarder franchir la dernière étape tel un somnambule, alors seulement je pourrai refermer la porte derrière nous et tu entendras, comme un bruit familier de gâchette dans un barillet vide, le déclic du verrou derrière toi.

Qui de nous deux a pris l'autre au piège te demanderas-tu en avançant dans le corridor étroit conduisant jusqu'à la cuisine où tu feins d'abord de t'asseoir en tirant une chaise, mais aussitôt tu contournes la table et, sans te retourner, tu ouvres la porte arrière et tu descends lentement les marches pour éviter de glisser à cause de la pluie qui tombe toujours et mon regard dans ton dos comme tu crois être parti de ton plein gré.

NOTE BIBLIOGRAPHIQUE

Les textes suivants ont déjà été publiés sous une forme parfois différente : « Sans quartier » dans *Imagine...*, n° 16, printemps 1983 ; « Jour de paye » dans *XYZ*, vol. 1, n° 1, printemps 1985 ; « Lundi matin », « Un autre », « Supériorité numérique » et « 1538 » dans *Liberté*, n° 162, décembre 1985 ; « ... onne pas » dans *Brèves*, n° 24-25, printemps 1987.